KEITAI
SHOUSETSU
BUNKO

野いちご SINCE 2009

# 極上男子は、
# 地味子を奪いたい。④

～最強男子たちは、独占欲をもう我慢できない～

*あいら*

JN031235

◎ STARTS

スターツ出版株式会社

イラスト／柚木ウタノ

1万年にひとりの逸材と言われた、
元人気No.1アイドル、「カレン」。

ついに、最強総長が動き出す！

「お前が可愛すぎるのが悪いだろ」
甘すぎる溺愛アプローチが止まらない！

大波乱の第④巻は……

「アイドルの、カレン？」
「花恋はこれからずーっと、僕とここで過ごすの」

ピンチピンチの連続!?

「……本気にさせた責任とってね」
ついに、あの極上男子も参戦！

「お前が欲しい。もう限界だ」

元人気No.1アイドルを巡る恋のバトル、混戦！

超王道×超溺愛×超逆ハー！
＼御曹司だらけの学園で、秘密のドキドキ溺愛生活／

# 極上男子は、地味子を奪いたい。4

〜最強男子たちは、独占欲をもう我慢できない〜

同一人物

地味子に変装中の花恋の姿

伝説のアイドル"カレン"の姿

## 登場人物紹介

### 一ノ瀬 花恋（いちのせ かれん） 1年

元トップアイドルの美少女

1万年にひとりの逸材と言われた元トップアイドル。電撃引退をしたが、世間では今も復帰を望む声が相次いでいる。正体がバレないように地味子に変装して"普通の学園生活"を送ろうとするけれど…？

## あらすじ

地味子姿で学校に通っていた花恋だけど、元伝説のアイドルであることが、ついに正道にもバレてしまう。正道は今までの行いを猛省し、同時に花恋への想いも募らせていき…。そんなことはつゆ知らず、花恋は生徒会メンバーの絹世とも仲良くなり、学園内でどんどん愛されていく。花恋の魅力に気づきだした最強男子たちを見て、天聖はますます独占欲が強くなり、寝ぼけながらついに花恋にキスしてしまう。「あの日から、お前のことが忘れられなかった」と、改めて告白され、驚いた花恋は…？

圧倒的な存在感を
放つ気高き総長

花恋の正体を
唯一知っている

**2年**
### 長王院 天聖
（ちょうおういん てんせい）

LOSTの総長でシリウス（全学年の総合首席者）。学園内でずば抜けて人気がある国宝級イケメン。旧財閥である長王院グループのひとり息子だが、LSに所属している。花恋とは昔出会ったことがあるようで…？

**1年**
### 守堂 蛍
（しゅどう ほたる）

LOSTメンバーで花恋のクラスメイト。成績優秀で生徒会に勧誘されたが辞退した。響と一緒にカレンのイベントに通ったこともある。

**1年**
### 月下 響
（つきした ひびき）

LOSTメンバーで花恋のクラスメイト。勉強嫌いで関西弁。カレンの大ファンでカレンのことを天使だと絶賛している。

**2年**
### 椿 仁斗
（つばき じんと）

LOSTの副総長。落ち着いていて頼りがいのある兄貴分。いつもは包容力に溢れているが、じつは……。

**2年**
### 榊 大河
（さかき たいが）

LOST幹部メンバー。真面目な美男子。とある理由から女性嫌い。完全無欠だが、ある秘密を抱えている。

**2年**
### 泉 充希
（いずみ みつき）

LOST幹部メンバー。成績が良く、頭の回転も早い天才型。ただし気分屋で、人付き合いが苦手。喧嘩っ早い。

## First Star

生徒会役員
通称FS

**女嫌いで冷酷な
生徒会長**

生徒会長。表では文武両
道の完璧美男子だが、本
性は腹黒い。カレンの大
ファンで、カレンも認知
しているほどライブや握
手会に足繁くかよってい
た。天聖にシリウスの座
を取られたことを恨んで
いる。

**久世城 正道**
（くぜしろ まさみち）

2年

**水瀬 伊波**
（みなせ いなみ）

2年

生徒会副会長。生徒会で唯
一優しい性格をしている
が、正道の命令には逆らえ
ない。カレンのファンだ
が、正道がいる手前公言は
していない。

**京条 陸**
（きょうじょう りく）

1年

生徒会役員で花恋のクラ
スメイト。比較的優しい
ほうだが、自分の利益を
優先して動く。カレンの
ファンだが、手の届かな
い存在だと思っている。

**武蔵 誠**
（むさし まこと）

2年

生徒会役員で、花恋には
"まこ先輩"と呼ばれてい
る。冷たいキャラを偽っ
ていたけれど、素直じゃない
だけで優しい性格。花恋
に救われてから懐いている。

**羽白 絹世**
（はしろ きよ）

2年

生徒会役員。根暗な自分は生
徒会に馴染めないと悩んで
いるが、じつはどんなスポーツ
も超人的に得意。カレンのこ
とが大好きで、密かにずっと
応援していた。

# 星ノ望学園の階級制度

ほし の のぞみ

## First Star 通称 FS

ファースト スター　エフエス

生徒会の役員だけに授与される称号。生徒会に入るには素行の良さと成績が重視され、学年の中でも数少ない成績上位者だけに与えられる。生徒会は表面上では華やかで人気があるが、生徒会長・正道の権力の強さは圧倒的で、裏ではほぼ独裁的な組織運営となっている。

## Lost Star 通称 LS

ロスト スター　エルエス

暴走族LOSTのメンバーだけに授与される称号。生徒会入りを拒否した者は強制的にLOSTのメンバーになる。総長・天聖はグループを束ねることはしないが、持ち前のカリスマ性で自然とメンバーを統率。唯一、FSに対抗できる組織であり、生徒会の独裁的な運営を裏で抑圧している。

## Normal Star 通称 NS

ノーマル スター　エヌエス

一般生徒のこと。学園内のほとんどの生徒がこの階級に属する。品行方正なFS派か、派手で目立つLS派かで生徒間では派閥がある。

## Sirius

シリウス

全学年の総合首席者に授与される称号。学業と身体運動の成績を合わせた実力のみで選定される。今年は学園創設以来初めて、FSではなくLSの天聖がシリウスに選ばれた。シリウスはひとつだけ願いを叶えてもらえる"命令制度"を使う権限をもち、その命令には生徒はもちろん教師さえも逆らうことはできない。

☆ contents

# 16th STAR
# 正体を知るもの

## 甘すぎるアプローチ

「好きだ」

　まっすぐに私を見つめて、そう言ってきた天聖さん。

　私は天聖さんの言葉を理解するのに、時間がかかった。

　天聖さんが、私を好き……？

「え……っと……それは……」

　いつもなら、友達としての好きだって受け取っていたと思う。

　ただ……今日の天聖さんの私を見る目が甘すぎて、優しすぎて……勘違いせずにはいられなかったんだ。

　その『好き』は、もしかして……。

　天聖さんが、じっと私を見つめたまま再び口を開いた。

「ひとりの女として、花恋のことが好きだ」

　はっきりとそう言われて、ごくりと喉が鳴る。

　これは本当に現実なのかと、疑いたくなった。

「……伝わったか？」

　私の頬にそっと手を添えて、そう聞いてくる天聖さん。

　信じられない。けど……。

「は、はい……」

　さすがに、「いいえ」とは言えなかった。

　こんなふうに真剣に告白されたのに……目をそらすなんて失礼だ。

「あの……本当に、私ですか……？」

　それでもやっぱりまだ信じられない自分もいて、確認のためにそう聞いた。

　本当に、本当の本当？

「どういう意味だ？」

「この前……天聖さん、寝ぼけて好きだって言っていたから……」

　私はてっきり……。

「誰か好きな子がいると思って……」

　きっと、誰かと間違えているんだと思ってた。

　天聖さんには、他に好きな子がいるんだって。

　それで、どうしてか私は胸がずっと痛くて……悩んでいたのに。

　まさかその好きな相手が、私だった……なんて言われたから混乱して当然だ。

「そんなことまで言ってたのか……？」

　天聖さんは覚えていないのか、驚いた様子でため息をついた。

　そして、再び私を見つめてくる。

　その瞳はさっきと変わらず、甘く真剣なものだった。

「俺が好きになる相手なんて、お前しかいない」

「……っ」

　本当、なんだ……。

　天聖さんが、私を好きだなんて……。

　驚きのあまり、言葉が出てこない。

　で、でも、返事をしなきゃ。

　本当の告白だとしたら……ちゃんと答えないと。

　けど、なんて答えるの？

　私は天聖さんのことを、恋愛感情をもって見てはいなかった。

　付き合うというのも……正直今は、考えられない。

　天聖さんのことは大好きだし、恋愛対象として見られないというわけじゃない。

　ただ、今はまだ自分の気持ちよくわからなくて……。

「あの、私……」

　なんて言えばいいかわからず、言葉に詰まる。

「返事はいらない」

　そんな私の気持ちを察してか、天聖さんが気遣うような言葉をくれた。

「でも……」

　正直、返事を求められてはいないことに安心した自分がいたけど、そんなの不誠実な気がする。

　天聖さんはこんなにもまっすぐに伝えてくれたのに……。

「今はまだ、花恋にとって、俺はただの男友達のひとりだってことはわかってる。それに……」

　再び、私の頬に手を重ねた天聖さん。

「これから本気で落としにいく。覚悟だけしていろ」

　こんなに素敵な人に、こんなに甘い言葉を囁かれて、ときめかない人がいるなら教えて欲しい。

　し、心臓が……。

　恥ずかしくて、顔が熱くてどうにかなってしまいそう。

　まだ天聖さんの告白を現実だと思えていないのに、もう頭の中がいっぱいいっぱいだ。

　これ以上天聖さんの目を見ていられなくてふいっと視線をそらす。

「本当はまだ伝えるつもりはなかったんだが」

　天聖さんのもうひとつの告白に、ゆっくりと顔を上げた。

「寝ぼけてあんなことをして、やっと気づいた。もう我慢できないところまで来てるって」

　そうだったんだ……。

「俺の気持ちを無理やり押し付けることはしたくなかった。けど、それ以上に……誰にも渡したくないと思った」

　普段口数が少なくて、いつも冷静な天聖さん。

　そんな天聖さんの切羽詰まったような表情を前に、またごくりと息を飲んだ。

「お前が欲しい。もう限界だ」

　天聖さんの本気が……瞳から、声から、触れる手から伝わってくる。

　私は知らない間に、この人にとても愛されていたんだって……自惚れてしまいそうになるくらい。

「今は何もいらない。だから、俺のことを……男として見てくれ」

　こんな時なのに、天聖さんはやっぱり優しい。

　私のことを好きだと言ってくれるのに、何も求めてこない天聖さん。

　私はいつだって天聖さんの優しさに、救われっぱなし

だ……。

　こくりと、頷いて返す。

「……ありがとう」

　お礼を言うのは私のほうなのに……。

　私を見て、うれしそうに微笑んだ天聖さん。

　綺麗なその笑顔に、胸がきゅんと締め付けられた。

　改めて見ると、本当に同じ人間なの？と疑ってしまうほど綺麗な人。

「顔が赤いぞ。……可愛いな」

　優しく、頭を撫でられた。

　ダ、ダメだ……天聖さんが、甘すぎる……。

「も、もう今日はキャパオーバーです……」

「なんのだ？　というか俺だって、とっくにキャパは超えてる」

　きょとんとした顔で、そんなことを言う天聖さん。

「え？　天聖さんこそなんのですか？」

　キャパって？

「お前の可愛さ」

　天聖さんは、さらりと真顔でそう言った。

　……っ。

　予想外の返事に、間抜けな顔になってしまった。

　ぽかんと開いた口も塞がらなくなる。

　か、可愛さって……。

「て、天聖さん、キャラ変わってませんか……!?」

　最近甘いなとは思ってたけど……きょ、今日は度がすぎ

てるよっ……。

「そうだな。花恋の前では余裕がないから、俺が俺じゃないみたいだ」

　また、そんなこと……。

「き、きっと、まだ熱があるんですよ……！　寝てください……！」

　これ以上ドキドキさせられたら、心臓がもたないっ……。

　それに、天聖さんも熱に浮かされているのかもしれないし……！

「ずっと寝ていたからもう眠くはない」

「しんどいところはないですか？」

「ない。もう治った」

「嘘です！　まだ熱があるのに……！」

　そっと額に触れると、熱が伝わってきた。

「結構熱いですね……」

　思っていたよりも熱は高そうで、心配になった。

「そうか……？」

「はい。治るまでは安静に、です！」

　天聖さんは大丈夫というけど、ベッドに横になってもらった。

　今は、早く元気になることを最優先にしてほしい。

　もちろん心配な気持ちもあるけど、早く天聖さんと一緒に登校したいというわがままな気持ちもあった。

　ひとりで登校するのが寂しいというよりも、天聖さんと一緒にいる時間が楽しいから……。

　って、こんな時なのに、自分勝手だ私……。

　気持ちには応えられないくせに、一緒にいたいだなんて……わがまますぎて、天聖さんに嫌われちゃうかもしれない……。

　今は天聖さんが早く良くなるように、それだけを願おう……！

「風邪のこと、ご両親には伝えたんですか？」

　そういえば、他に誰か看病に来てくれたりしたのかなと思い、質問をする。

「風邪くらいでわざわざ連絡はしない」

　きっと話していないだろうとは思っていたけど、やっぱりそうだったんだ。

「でも、家にひとりだと心細くないですか……？」

「まったく」

　はっきりとそう言う天聖さん。本当に心細さは少しもないみたい。

　確かに、天聖さんは寂しいとか、そういう感情はなさそうに見える……。

「それに、今は花恋がいる」

　私の顔を見て、ふっと微笑む天聖さん。

「お前がいてくれたら、それだけでいい」

　も、もう、天聖さんの全部が甘いっ……。

「ね、眠ってください……！」

　間違いない、天聖さんがおかしいのは熱のせいだ……！

　そう決めつけて、安静にしてもらおうと天聖さんの首元

まで布団をかけた。

「寝るまでここにいますから、ね……？」

「……わかった」

「あ、おかゆも作っておきますね」

「ありがとう」

　そう言って、微笑んだ天聖さん。少し経って天聖さんは すぐに眠りについた。きっと、私の前では気を使ってくれ ていたんだろうけど、やっぱりしんどかったんだと思う。

　寝顔を見ながら、ほっと胸をなでおろす。

　これ以上天聖さんと一緒にいたら、心臓がもたなかった かもしれない……。

　冗談抜きでそう思ってしまうくらい、今日の天聖さんは 甘々だった……。

　これが本当に熱のせいなのか、それとも、告白を境に豹 変してしまったのか……。

　どっちにしろ、こんなふうにアプローチされることに慣 れていなくて、どうしていいかわからない。

　おかゆを作るため家に戻りながら、頭の中はさっきの告 白のことでいっぱいだった。

　天聖さんが、私を好き……。

　あんなにかっこよくて、欠点なんてひとつもないような 完璧な人が……どうして私を……。

　わからないけど……私も今まで通りじゃ、ダメだよね……。

　せっかく天聖さんが、時間をくれたんだ。付き合うなん てよくわからないけど……天聖さんのことは、ちゃんと考

えたい……。

　それに、あんなにも甘い視線を向けられて、今まで通りただの友人とは思えないと思う。

　天聖さんのことをひとりの男性として好きになる日が、いつかくるのかな……。

　そう考えた時、その可能性がゼロではないと思う自分がいたのは確かだった。


　それからおかゆを作り、眠っている天聖さんを起こさないように部屋に届けた。

　一応メッセージを入れておいたら、翌朝【ありがとう】という返信が届いていた。

　【今日はまだ安静にしていてください！】とメッセージを送って、家を出た。

　学校に向かいながら、ふわぁ……とあくびが溢れる。

　昨日はよく眠れなかったな……。

　現実と夢の境界線が曖昧（あいまい）になったというか……。

　昨日の告白、本当に現実だったのかな……。

　なんだか、頭の中もふわふわしている気がする。

　そんな上（うわ）の空（そら）の状態で、学校に向かう。


　今日も1時間くらいかけて、ようやく辿りついた。

　教室に着いて、響（ひびき）くんと蛍（ほたる）くんと勉強会をする。

　今日は練習用のテストを作ってきたから、響くんが解いている間に私も要点をチェック。

「花恋、練習問題終わったで」

「……」

「おーい、かれーん！」

「へっ……！」

　響くんの大きな声に、驚いて変な声が漏れた。

　ハッとして顔を上げると、心配そうに私を見ている響くんと視線がぶつかる。

「花恋、ぼうっとしてどうした？」

　しまった……今日、本当に上の空だ……。

　勉強会中なんだから、しっかりしないと……！　響くんの成績がかかってるんだから……！

「あ……う、ううん、何もないよ……！」

　心配させないように、笑顔を返す。

「怪しいな……」

「え？」

　じーっと、目を細めて私を見る響くん。

　その隣で、蛍くんもこっちを見ていた。

「わかった、長王院さんとなんかあったやろ？」

「……っ！」

　図星を突かれ、思わずびくりと肩が跳ね上がった。

　ぼぼっと音を立てて顔が熱くなる。昨日のことが、フラッシュバックしたから。

『これから本気で落としにいく。覚悟だけしていろ』

　か、考えないようにしようと思っていたのにっ……。

「……え？　ほんまにそうなん？」

　私の反応を見て、ふたりが目を見開いた。

「ち、違うよ……！　な、何もないよ……！」

　恥ずかしくて、顔を伏せながら立ち上がった。

「私、お手洗い行ってくる……！！」

　逃げるように、教室を出る。

　い、いくらなんでも、不自然だったかなっ……。

　でも、こんな真っ赤になってる顔見られたら、笑われちゃ
うっ……。

　ああもう、天聖さんのことが頭から離れない……。

　私は廊下で立ち止まり、頭を抱えた。

## 不適切な感情

【side 響】

　今日も、勉強会のために朝から教室に集まった。

　花恋が俺のために模擬テストまで作ってきてくれて、それを1問1問解いていく。

　それにしても、本格的なテストやなこれ……。

　俺が渡したこの前のテストを元に作ってくれたんかもしれへん。

　花恋の教え方はわかりやすいし、ここまでしてもらってることに感謝しかなかった。

　花恋はいつも俺たちにお礼とか言ってるけど……お礼せんなあかんのは、どう考えても俺たちのほう。

　花恋のおかげで当たり前みたいに昼飯を先輩たちと食べれるし、普通やったら関われへん長王院さんとの接点もできた。

　花恋が俺たちのことをよく言ってくれてるからか、先輩たちも俺たちのことを信頼してくれてるし……花恋が来てから、楽しいことばっかりや。

　しかも、真摯に勉強まで教えてくれて……これは絶対に、次のテストは結果ださなな。

　LOSTの先輩たちはみんな成績いいし、俺も幹部としてしょうもない点数はとりたくない。

　いい点とって、先輩たちにも花恋にも、喜んでもらわな！

「花恋、練習問題終わったで」

　全部解き終わって、花恋の名前を呼ぶ。

　返事がなく、ぼうっとしてる花恋の顔の前で手を振った。

「おーい、かれーん！」

「へっ……！」

　なんか……今日はえらい上の空やな……。

　ずっとぼーっとしてるし……。

　様子がおかしい花恋を怪しんだ俺はどうしたんやろう。

「わかった、長王院さんとなんかあったやろ？」

　……まあ、適当ゆっただけやけど。

「……っ！」

　冗談で言ったつもりやったのに、花恋はあからさまに反応した。

　肩を跳ねさせて、顔を真っ赤にした花恋。

「……え？　ほんまにそうなん？」

　マジで？　長王院さんとなんかあったん……？

「ち、違うよ……！　な、何もないよ……！」

　必死に否定してるけど、逆にその通りですって言ってるようなもんや。

　しかも……今まで花恋は長王院さんの好意に気づいてへんっぽかったし、長王院さんのことを恋愛対象とは見てへんみたいやった。

　だから多分、心のどっかで安心してたんやと思う。

　それやのに……その反応は、絶対に意識するようなことがあったとしか思われへん。

　もしかして花恋も、長王院さんのこと好きなったとか……？

　胸の奥が、モヤモヤする。

「私、お手洗い行ってくる……!!」

　真っ赤な顔のまま、飛び出して行った花恋。

　俺はなんとも言われへんような気持ちで、そっとため息
をついた。

　前々から感じていた違和感。

　なんでか俺は、花恋と長王院さんを……素直に応援でき
ひんようになってる。

「……」

　蛍のほうを見ると、俺と同じことを思ってたんか複雑そ
うな顔をしてた。

「進展、あったっぽいな……」

「……」

「あー……」

　もう、なんやねん俺は……。

　友達と憧れの先輩やぞ。素直に喜ぶべきやろ。

　わかってんのに……。

「俺、なんか最近おかしいねんな」

　整理がつかんくて、頭をガシガシと掻いた。

「花恋と長王院さんのこと、素直に応援できひんっていう
か……」

　俺の言葉に、蛍は何も言わず黙り込む。

　もしかして……。

「……お前も？」

「……別に」

　蛍は、違うかったらはっきりと否定するやつや。

　言葉を濁すってことは、すなわち肯定と一緒。

「……マジか」

　はは……ふたり揃って、何複雑な感情もてあましてんねん。

　俺は、花恋が……。

　……いや、それは絶対に認めたらあかんやろ。

「俺ら、ちょっと冷静にならなあかんな……」

　絶対、一時の気の迷いやって。

　あんな優しい女周りにおらんかったから、反射的に惹かれただけで……。

　そうそう、俺の好みはアイドルのカレンみたいなタイプやし！

　派手な見た目で明るくて、いっつも笑顔で、声も可愛くて、優しそうで……。

　……って、あかん。派手な見た目以外花恋とモロ被りや……。

「あー……ほんまどうしたんやろ……」

　花恋は友達……それ以上でも以下でもない。

　長王院さんがライバルとか、絶対ありえへんし。

　そんなん不毛すぎるから、芽生え始めたこの気持ちをとっとと捨てなあかん。

　俺は自分にそう言い聞かせて、自分の中の淡い気持ちを消そうと机にゴツっと頭をぶつけた。

## 一途(いちず)な溺愛

　今日は１日中、ぼうっとしてしまっていた気がする……。

　授業中やふとした瞬間も天聖さんの告白のことを思い出してしまって、そのたびに記憶を払拭(ふっしょく)した。

　授業が終わった後、放課後にも勉強会をして、学校から出る。

　仁(じん)さんが今日も送ろうかと言ってくれたけど、ひとりで大丈夫だと断った。

　登校も迷いに迷ったけど１時間あれば辿りつけたし、帰れるはず……！

　結局、その日も１時間かけてマンションに辿りついた。

　徒歩15分なはずなのに……あはは……。

　エスカレーターに乗ってから、頭を悩ませる。

　天聖さんのお見舞い(みま)……どうしよう……。

　心配だから行きたいけど、昨日のことがあって正直気まずい。

　でも、両親にも言っていないって言ってたし、看病してくれる人、いないんじゃないかな……。

　というか、天聖さんはわざわざ誰かに看病してくれなんて言わない人だろうから、余計に心配だ。

　気まずさはあるけど……い、行こう。

　私が困っていた時、天聖さんはいつだって助けてくれた。

　だから……天聖さんが困っている時は、私が助けたい。

　余計なお世話かもしれないけど……。


　一度家に帰って荷物を置いて、近くのコンビニでゼリー
や簡単に食べられるものを買った。

　――ピンポーン。

　あれ……出ない……寝てるかな？

　後で出直そうと思い帰ろうとした時、玄関の扉が開いた。

「……花恋？」

　私の名前を呼びながら、天聖さんが出てくる。

　インターホンを見たわけでもないのに、まるで私がい
るってわかってるみたいだった。

「お、お見舞いに来ました」

「……そうか。ありがとう」

　天聖さんは微笑んで、私を入れてくれた。

「何か飲むか？」

「いえ……！　天聖さんは病人なので、寝ててください」

「さすがにもう治った」

　言葉通り、昨日よりもずいぶん体調がよくなったように
見える。

「失礼します」

　そっと額に手を当てる。体温も正常みたいで、ほっと息
を吐く。

「よくなったみたいで安心しました……」

「心配かけたな」

「でも、今日は一応安静にしていてください！」

　強くそう言えば、天聖さんはしぶしぶと言った様子で「わかった……」と寝室へ移動してくれた。

　天聖さんがベッドに座り、私はその前の椅子（いす）に座った。

「ゼリーとプリン買ってきました。食べれそうですか？」

「ああ。助かる」

　好きなのを選んでくださいと袋を渡すと、天聖さんは一番甘くなさそうなゼリーを手に取った。

　甘党ではないと思ってたけど、甘いのはあんまり好きじゃないかな……？

「あの、そういえばどうして私が来たってわかったんですか？」

　気になっていたことを聞くと、天聖さんはゼリーを食べながら答えてくれる。

「オートロック通さずに来れるのは花恋しかいないだろ」

　あ……そ、そっか。

「それに、俺の家に来るような人間もいない」

　ま、まるで友達がいないみたいな言い方……！

「皆（みな）さん来たがってると思いますよ……！」

　天聖さんはみんなに憧れられているし、呼べば誰だって喜んで来るだろう。

　お昼休みの時も、みんな天聖さんのことを心配していた。充希（みつき）さんは上機嫌だったけど……あはは。

　もう食べ終わったのか、天聖さんはゼリーの容器を近くのテーブルに置いた。

「来たとしても、お前以外は入れない」

「……っ」

　はっきりとそう言った天聖さんに、反応に困る。

　そんな、特別みたいに……。

「あんまり、人を家に上げるのは好きじゃないですか……？」

「ああ。……この前のは例外だ」

　この前っていうのは、多分みんなで天聖さんのお家に来た日のことだろう。歓迎会をしてもらった日。

「自分から家に入れたのは、花恋が初めてだ」

　えっ……。

　天聖さんの手が伸びてきて、腕をつかまれる。

　そのまま、強く引き寄せられた。

「このまま帰したくない」

　ぎゅっと、たくましい腕に抱きしめられる。

　心臓が跳ね上がって、否応なしにドキドキと騒ぎだした。

「て、天聖さんっ……」

「少しだけ……頼む」

　耳元で囁かれると、抵抗できなくなってしまう。

　そんな甘い声で、言わないでっ……。

「す、少しだけなら……」

「……そうやって、すぐにほだされるところも心配だ」

　ほ、ほだされる……？

「俺が言うのもおかしいが、自分に好意のある男の家に易々と入るなよ。危ない」

　天聖さんはそう言って、まるで壊れ物を扱うみたいに

そっと私の髪を撫でた。

　ああもう、心臓が……。

「は、はい……」

「本当にわかってるのか?」

　再び、腕を引かれた。

　ゆっくりと、ベッドに押し倒される。

　な、何っ……!?

　目の前にいる天聖さんに、訳がわからずパチパチと瞬きを繰り返した。

　天聖さんの顔が近づいてきて、ますますパニックになる。

「て、天聖さんっ……」

　まさか……き、キスされる……!?

　思わず身体が強張って、ぎゅっと目を固くつむった。

　身構えた私に降ってきたのは……。

　──ちゅっ。

　え……?

　柔らかい、唇の感触。

　お、おでこ……?

　恐る恐る目を開けると、ふっと不敵に微笑む天聖さんと視線がぶつかった。

「次はこれだけで済まさないからな」

　て、天聖さんが、意地悪……っ!

　からかわれて、かああっと顔が熱くなる。

　私ばっかりドキドキさせられているみたいで、恥ずかしくてたまらなくなった。

「か、帰りますっ……」

　天聖さんの腕から抜けだし逃げようとしたけど、引き止めるように後ろから抱きしめられた。

「それは困る」

「ひゃっ……」

　耳元で囁かれたら、息がっ……。

　変な声が漏れて、ますます顔が熱くなった。

「じゃ、じゃあもう意地悪なことしないでください……」

「意地悪……。そんなつもりはない」

　天聖さんのほうを見ると、本当に自覚はないのか、真剣な顔をしていた。

「好きな女が目の前にいたら、触れたくなるのは当然だ」

「……っ」

　今の天聖さんは、いたって体調もよさそうで、熱に浮かされているようにも到底見えない。

　どうやら天聖さんのこの甘さは、熱のせいではなかったみたいだ。

「天聖さん、お手柔らかにお願いします……」

　降参するように、そう伝えた。

　昨日からこんな……強引に迫られて、もう私の心臓は爆発してしまいそうっ……。

　天聖さんのこと、意識せずにはいられない。

「無理だ。気持ちを伝えたら、もうタガが外れた」

　告白と同時に何かのスイッチでも入ってしまったらしい天聖さん。

「これからは手かげんできそうにない」

　そう言って微笑む天聖さんを見て、私は赤い顔を隠すように両手で覆（おお）った。

　だ、誰か、助けてください……。


　昨日はあの後も、大変だった……。

　天聖さんはずっと甘い言葉を囁いてくるし、スキンシップも激しくなって……私はひとりでずっとドキドキしてしまっていた。

　あんなふうに迫られて、逆にどうやったらドキドキせずにいられるんだろう……天聖さんはずるいっ……。

　誰よりも優しいのに、告白されてからというもの、意地悪な一面も見せるようになった天聖さん。

　なんだか、私のほうが振り回されているような気持ちだった。

　朝を迎えて、学校の支度をして家を出る。

　天聖さん、明日は学校に行くっていってたけど、体調大丈夫かな……？

　まだ体調が悪くて寝ているかもしれないから、インターホンは鳴らさないでおこう。

　そう思って天聖さんの家をスルーしようとした時、ガチャッと玄関が開く音が聞こえた。

　あれ……？

「天聖さん……！」

　扉の奥から現れた、制服を着た天聖さん。

　天聖さんも私に気づいて、「おはよう」と挨拶してくれた。
「おはようございます！　もう平気なんですか？」
「ああ。お前のおかげだ」
　ふっと微笑まれ、そんなことにさえドキッとしてしまう。
　私、意識しすぎだ……へ、平常心、平常心……。
「わ、私は何もしてないです……でも、天聖さんが元気に
なってよかったです！」
　本当に、体調が良くなって安心した。
「ありがとう。もう行くか？」
「はいっ」
　久しぶりに一緒に登校できることがうれしくて、笑顔で
頷いた。


　その後もたわいもない話をしていると、あっという間に
学校についた。
　迷子にならないって、すごい……！
　早くついてしまったから、まだ響くんたちも来てないだ
ろうなぁ。
　天聖さんが「教室まで送る」と言ってくれて、お言葉に
甘える。
「あいつらはまだなのか？」
　誰もいない教室を見て、不思議そうにしている天聖さん。
「まだ待ち合わせまで30分以上あるので……。実は、いつ
も学校に行くのに1時間くらいかかってたので、早く家を
出てたんです」

「……そうか」

　私の説明を聞いて、返答に困っている。

　徒歩15分のはずが1時間もかかるなんて、呆れられたに違いない。

「俺ももう休まないように気をつける」

「あ、ありがとうございます……」

　あははと、苦笑いを返した。

「あいつらが来るまで、ここにいていいか？」

「はい、もちろんです！」

　天聖さんとお話しするのは楽しいから、うれしくて笑顔で頷いた。

　私の前の席に座った天聖さん。

「ふふっ、天聖さんと同じ教室にいるって、変な感じがします」

「そうだな」

　そう言って、考えるように顎に手を添えた天聖さんは……。

「留年してみてもいいかもな」

　ぼそっと、とんでもない発言をした。

「ええ……！　ダメです……！」

　天聖さんが留年なんて……！

　そ、そんなことしたらいけないよ……！

「……そうか」

　残念そうに呟いた天聖さん。

　天聖さんはめったに冗談を言わないから、どこまで本気かわからない……。

　というか、天聖さんが留年なんてどう頑張ったってできないと思う。

　総合首席のシリウスだから、不可能だよ。

　そういえば……。

「天聖さんはテスト大丈夫そうですか？」

　休んでいたから、勉強大変なんじゃないかな……。

「ああ。いつも通りだ」

「いつも通り？」

「テスト勉強なんかしたことがない」

　えっ……そ、それで首席……!?

　なんだか、正道くんが気の毒になってきた……あはは……。

「お前は？」

「はい、順調です」

　帰ったらちゃんと勉強をしているし、テスト範囲でわからないところもない。

「私も１位を取れるように頑張ります！」

　蛍くんにもああ言われたし、できるだけいい成績を取らなきゃ。

　さすがに１位は難しいかもしれないけど、目標は高く！

「ああ。応援してる」

　微笑みを浮かべて、私の頭を撫でてくれた天聖さん。

　そういえば……天聖さんはいつも私を応援して、見守っていてくれたなぁ……。編入初日に、出会ったあの日から。

　……ううん、もしかしたらもっと前から……見ていてくれたのかもしれない。

　私はあることが気になって、恐る恐る口を開いた。

「あ、あの……天聖さん」

「ん？」

「わ、私のことが……その……好きって、言ってくれましたけど……いつからですか……？」

　自分でこんなこと聞くなんて、恥ずかしい……。

　でも、どうしても気になった。

　４年前から覚えてくれてたって言ってたけど……さすがにそんな前からではないと思う。

　でも、だったらいつから……？

　私は天聖さんに好かれるようなことをした覚えがないから、わからないでいた。

　ゆっくりと、薄い唇を開いた天聖さん。

「４年前」

　……っ、え？

「よ、４年前……!?」

　あの日出会ってから……ずっとってこと……!?

「再会して、お前のことを知って、もっと溺れていった」

　衝撃の事実に驚きすぎて、開いた口がふさがらない。

　天聖さんはそんな私の頬に、そっと手を重ねてきた。

　いつもの……甘い眼差しで見つめられる。

「今はお前が……愛しくて仕方ない」

　……っ。

　知らなかった……。

　そんな前から、想われていたなんて……。

　初日の日、助けてくれたのも……いつも優しくしてくれたのも、好きでいてくれたから……？

　そう思うと、ぎゅっと胸が締め付けられた。

　アイドルとしてではない、"一ノ瀬花恋"としてこんなふうに強く想われたことがなかったから、どうしていいかわからなくなる。

　天聖さんはまっすぐに気持ちを伝えてくれるから、なおさら……。

　どうしよう……心臓がドキドキして……。

　ふたりきりの、静かな教室。このままじゃ、天聖さんに聞こえてしまいそう。

　そう心配した時、ガラガラッ！と大きな音を立てて開いた教室の扉。

「花恋、おは……って、長王院さん……！」

　響くん……！

　入ってきたのは、響くんと蛍くんの姿だった。
　静寂が破られたことに、ほっと安心する。

「もう風邪は治ったんですか？」

　響くんは天聖さんを見て、うれしそうにしている。

「ああ」

「よかったっす……！」

　ふふっ、響くん、ずっと心配していたから本当にうれしそうだ。

　天聖さんは、カバンを持って立ち上がった。

「じゃあな」

　もう出て行くのか、歩き出した天聖さんを見送る。
「はい……！　またお昼休み……！」
　天聖さんがいなくなって、私はふぅ……と胸を撫で下ろした。
　天聖さんといたら……し、心臓が持ちそうにない……。
「花恋？　……顔赤いで？」
「えっ……」
　反射的に、頬を押さえた。
　からかわれるかと思いきや、響くんは困ったように笑っている。
「長王院さんと順調なん？」
「じゅ、順調って……そんなんじゃないよ……！」
「ふ、ふーん」
　あれ……？
「響くん？」
　どうしたんだろう……いつもなら、ニヤニヤしながら冗談を言ってくるのに……。
　どうしてか、響くんが傷ついているように見えた。
「な、なんもない！　はよ勉強しよ！」
「うん、そうだね！」
　気のせいかな……？
　うん、きっとそうだよね。
　私はそう自己完結して、勉強を始める準備をした。
　後ろにいた蛍くんも……複雑な表情をしていたことにも気がつかずに。

## お家訪問

「日曜日が明けたらついにテスト週間だね」

　テストが目前に迫った土曜日。

　星ノ望学園は私立校だから、基本的に土曜日も午前中まで授業がある。

　お昼ご飯を食べてから、いつものように響くんと蛍くんと勉強会。

　今日は追い込みだから、夕方の6時まで勉強会をすることになっている。

　今は午後の3時頃で、響くんが買ってきてくれたおやつを食べながら休憩中だ。

「テスト、月曜日からか……なんか緊張してきたわ……」

　テストが間近に迫り、響くんがそわそわしている。

「明日も死ぬ気で勉強する！」

　気合い十分な響くんに、笑顔を返す。

「頑張ってね！」

　覚えのいい響くんは、もうテスト範囲の内容はバッチリみたいだ。

　あとはケアレスミスに気をつけて、何度も問題を繰り返し解くのと、暗記系を極限まで覚えるだけ。

　明日は学校がないけど、大丈夫かな？

「せっかくだから明日も勉強会する？」

　ひとりで勉強会をしていると、わからないところが出た

時に聞けないし……明日も一緒に勉強会をしたほうがいい
気がした。

「え、いいん……？」

「もちろん！　一緒にいれば、わからないところがあって
もすぐに教えられるから」

「花恋……お前は女神や……」

　きらきらと、目を輝かせている響くん。

　そんな大げさな……あはは。

「ほんま助かるわ……まだちらほらわからんとこあっ
て……」

「私でよかったらいつでも教えるよ！　それじゃあ、明日
も集まろっか」

「ありがとう……。今回はできるだけ上位狙いたいねん！
なんか、花恋に勉強教えてもらってから、俺って意外と勉
強できるんちゃうかなって思えるようになってな」

　モチベーションが上がっているのか、響くんの言葉に私
までうれしくなった。

「それは勘違いだろ。お前は生粋のバカだぞ」

「お前は黙っとけ……」

　蛍くんはひとりで勉強をしながら、いつも定期的に響く
んをからかっている。

　最近ではこんなやりとりも、気を許している友人だから
できるんだろうと微笑ましく思えるようになった。

　三人でいるのは、いつだって楽しい。

「そういえば……教室って日曜日も使えるのかな？」

　いつも教室で勉強会をしているから、明日も集まるなら教室を使いたい。

「無理だろ。日曜日は閉まってる」

　そうなんだ……。

　それじゃあ、どこで集まろう……。

　私の家は……さすがにみんなを入れられないし……。

　天聖さんの隣の家だってバレるのもそうだけど、何より家にはいろんなものが置いてある。

　アイドル時代の衣装とかもあるから、バレる可能性があった。

「あ、じゃあ俺の部屋でしようや！」

「え？」

　響くんのお家？

「寮！　そういえば花恋は来たことなかったっけ？」

　あ、そっか……！　ふたりは寮生活なんだ。

　もちろん、響くんのお家には行ったことがないし、私は寮に入ったこともない。

　寮に行ってみたいという好奇心もあったけど、それ以上に……。

「行ってもいいの？」

　友達の家で勉強会……すごい青春っぽい……！

　一大イベントを前に、きらきらと目が輝いた。

「当たり前やん！　狭いけど、おもてなしするで！」

　やったっ……！

　響くんのお家、すごく楽しみ……！

「お前の部屋、汚いだろ……」

「うっさいわ！　文句あんならくんな！」

　言い合いをしているふたりのそばで、私はひとり心を躍らせていた。

　手土産、何を持って行こう……！

「片づけておけよ」

「命令すんな」

　こうして、明日は響くんのお家……寮の部屋で勉強会をすることが決定した。

「うわぁ……！」

　翌日。朝から家を出て、今日もなんとかひとりで学校に辿りついた。

　学校が閉まっているから正門の前で響くんたちが待っていてくれて、寮の部屋まで案内してもらったけど……。

「すごい……！　寮ってこんなに広いんだね……！」

　想像以上に広い部屋を前に、私は驚いて目を瞬かせた。

「そんな驚くか？」

「いや、狭いだろ」

「え!?」

　ふたりの言葉に、大きな声が出る。

　寮の部屋は、私の実家くらいの広さだった。それに、ひとり部屋なのにリビングとは別に寝室もある。

「俺も最初寮見た時はせまっ！と思ったわ」

「こ、これが、狭いの……？」

44

「狭いやろ」

　さらりと答える響くんに、唖然とする。

「ふたりとも……もしかして相当お金持ち……？」

　この家を狭いなんて……大多数の人を敵に回すよ……!?

「金持ちって……普通ちゃう？」

「この学園の生徒はほとんどのやつがどっかの子息か令嬢だしな」

　どうやら、ふたりの普通と私の普通には大きな差があることがわかった。

「な、なんだか、ふたりが遠く感じるよ……」

　あははと、苦笑いが溢れた。

「ははっ、近い近い」

　響くんが笑って、私の肩を組んでくる。

「って、悪い……近づきすぎた」

　え？

　パッと、気まずそうな顔をして私から離れた響くん。

　どうしたんだろう？　こんなのいつものことなのに……。

　むしろ響くんにはお腹を触られたりハグをされたこともあるから、不思議に思って首をかしげる。

　……ま、気にするようなことじゃないか。

「それにしても、響くんの部屋おしゃれだね」

　広いだけじゃなく、青系をメインにした男の子らしいおしゃれな部屋。

「そうか？　俺インテリアにはこだわらん派やから、あるもん適当に飾ってるだけやで」

　正直蛍くんが散らかっていると言っていたから、もっとごちゃっとしている部屋を想像していたけど、男の子の部屋にしてはとても綺麗で驚いた。

　私の弟はいつも部屋が散らかっていた。

「いつもよりは片づけてるしな」

「お前はほんまいちいちうるさいなぁ……。お前じゃなく、花恋が来るから片づけたんや！」

「そうだったの？　ありがとう！　あ、これ手土産に……」

　先に渡しておこうと思い、紙袋を響くんに渡した。

「え？　手土産!?　そんな気遣わんでいいのに」

「今時、手土産とか……まあ、地味ノ瀬らしいけど」

　え……ふ、普通じゃないの!?

　友達の家に遊びに行くことなんてないから、普通がわからない……。

「うわ、これ駅前のドーナツやん！　めっちゃ食べたかってん！」

　袋の中身を見て、目を輝かせた響くん。

「うん、響くんが言ってたから寄ってきたの」

　前に、食べたいけど男ひとりでドーナツ屋には入りにくいって話していたから。

「休憩のおやつに食べて」

「ありがとう花恋……俺頑張るわ……」

　涙を浮かべ、大げさなリアクションをしている響くんに思わず笑ってしまう。

「よーし、それじゃあ今日はテストに向けて最後の追い込

み!!」

「よっしゃ!!　来い!!」

「暑苦しい……」

　私たちは早速、勉強会を始めた。


「あー、休憩〜……」

　3時間ぶっ通しで勉強をして疲れたのか、響くんがぱたりとその場に倒れた。

　確かに、そろそろ休憩を挟んでもいいかもしれない。

　響くんは集中力が高い分、切れる時はぶつりと切れるタイプ。こうなった響くんには、長い休息が必要だ。

　20分くらい休憩にしようかな……この調子なら、問題ないだろうし。

「お疲れ様」

　疲れている響くんをいたわるようにそう言った。

「頭の容量的にはまだいけるんやけど、俺じっとしとくの苦手やねん……だから勉強してけえへんかってんな……」

　確かに、授業中とかはいつも落ち着かなさそうにしてる。

　静かな空間が苦手なのは、少しわかるかもしれない。

「勉強できない言い訳だろ」

「お前みたいな静かなやつには俺の気持ちはわからん」

「確かに、うるさいやつの気持ちはわからないな」

　正反対なふたりの会話に、あははと苦笑いが溢れた。

「あ、そうや！　花恋が買ってきてくれたドーナツ食べよ！」

　響くんは元気になって立ち上がり、キッチンへ走っていった。
「蛍くんも休憩にする？」
「うん」
　ひとりで黙々と勉強していた蛍くんも、ふぅ……と一息ついて教科書を閉じた。
「お前、響にかまってばっかだけど自分の勉強はできてんのかよ」
　心配してくれているのか、そう聞いてくる蛍くん。
「うん、多分大丈夫だと思う！」
「多分って……ちゃんと１位取れよ」
　これは……応援してくれてるのかな？
「ありがとう。頑張るね」
　笑顔を返せば、蛍くんは気まずそうに顔をそらした。
「べ、別に応援してない」
　ふふっ、最近は、蛍くんのことも少しわかってきた気がする。
　はっきりと言葉にはしないけど、いつも周りの心配をしている優しい人。
　響くんのことも、実は誰よりも心配していることを知っている。
　本当の兄弟みたいに思っているのかもしれない。
　微笑ましくて、口元がゆるんだ。
「ニヤニヤすんな」
「ふふっ、ごめんなさい」

「ちっ……もう話しかけんな。ひとりでテレビでも見てろ」

　そう言って、リモコンに手を伸ばした蛍くん。

　ピッという音と共に、テレビがついた。

　……っ。

　映し出されたのは、お昼のニュース番組。

　そして、私のアイドル時代の映像だった。

　ま、まだ私の話題が出てるの……？

　この記者さん……インタビュー受けた時も、完全に引退するって伝えたのに……。

「復帰の可能性はあるのか!?」と声高々に話しているその人の姿に、ため息が溢れそうになった。

「お前なんでテレビつけてんねん。……って、またカレンのことやってんな」

　ドーナツを持って戻ってきた響くんが、テレビの画面を見て眉をひそめた。

「もう引退したんやし、いつまでも取り上げたるなよって思うけどなぁ……」

　え……。

　急に引退したから、私を恨んでいる人もいると思う。だから……響くんの言葉が、うれしかった。

「響くんは優しいんだね」

　なんだか、ちょっとだけ救われたような気分。

「こいつは何も考えてないだけだ」

「お前は素直に人を褒められへんのか……」

　響くんは蛍くんに呆れながら、ドーナツをテーブルの上

に置いた。

「みんなで食べよ」

「ありがとう」

　それにしても……テ、テレビ、消しちゃダメかな……。

　ドーナツを食べながら、私が映し出されている画面を見ているふたり。

　気まずすぎて、ドーナツの味がしない……。

「やっぱカレン、可愛いなぁ」

　ぼそっと、そう言った響くん。

「お前も少しはアイドルのカレンを見習って、ちゃんとしたら」

「えっ……」

　蛍くんにそう言われ、首をかしげた。

　見習うって言われても……。私ですと言えるわけもなく、乾いた笑みがこぼれる。

「重たそうな髪と分厚いメガネだけでもどうにかすれば、地味な見た目もましになるだろ」

「あはは……私はこのままがよくて……」

　というか、このふたつがなきゃ困る……。

「ちょっとメガネとってみろよ」

　唐突な提案に、思わずびくりと肩が跳ねた。

「俺も見てみたいわ。ちょっと外してみてや」

　ひ、響くんまで……！

「や、やだよ……！」

「別にどんな顔してても驚かないし」

50

　そ、そういうことじゃなくて……。

　伸びてきた蛍くんの手が、私のメガネをそっとつかんだ。

「わっ……！　ま、待って蛍く……！」

　私は両手でドーナツを持っていたからその手を振り払う
のが遅れてしまって、あっけなく外されてしまったメガネ。

　……お……。

「……は？」

　……終わった……。

　ドーナツを持ったまま、固まる私。

　そんな私を見ながら、同じく固まっているふたり。

　異様な空気が流れる室内に……。

「……カ、レン？」

　響くんの、震えている声が響いた。

復帰は!?

## ふたりの親友

「……カ、レン？」

　メガネを外され、素顔が露わになった。

　目を見開いてこっちを見ているふたりの反応を見るに、これは……。

「あ、あはは……」

　バレたかもしれない……。

　でも髪はウイッグのままだし、メガネが外れただけ。

　だとしたら……まだごまかせる可能性はある……！

「え？　ど、どうしたの？」

　驚いているふたりを見て、とぼけるように笑ってみせた。

「メガネ……」

「メガネ？　あ、あはは、私視力が悪いから、メガネがないと前が見えないの」

　お願い……気づかないで……！

「アイドルの、カレン？」

　私の願いも虚しく、あっさりとそう口にした響くん。

　う……こ、ここでバレるわけにはいかない……！

「ち、違うよ！　そんなわけないよ！」

　これ以上バレたら、さすがに天聖さんに呆れられちゃうよっ……！

「いやいや……その言い訳は無理あるやろ……」

　響くんは目を見開いたまま、驚愕の表情で私を見ている。

「えっと……似てるって言われることはあるけど……ぜ、絶対に違うよ！」

「……こんな顔面が、世の中にふたりもいるわけないだろ。何十回もライブ映像を観てるんやぞ、こっちは」

「こんな顔面？」

　蛍くんの言葉に、首をかしげた。

「1万年にひとりの逸材って言われてるんだぞ……？」

「……」

　ど、どうしよう……もうふたりの顔が、確信に変わってる……。

「えっと……」

　これ以上は、無駄な抵抗かな……。

「……黙ってて、ごめんなさい」

　嘘に嘘を重ねるのも心苦しくなって、私はようやく降参した。

　ふたりのほうを向いて、頭を下げる。

　いくら隠さないといけないことといっても、大事な友達を騙そうとするなんて、ダメだよね……。

　ふたりの反応がなくて、恐る恐る顔を上げる。

　ふたりは、相変わらず目を見開いたまま固まっていた。

「お、おーい……ふたりとも……」

　心配になってそう声をかけると、響くんが、後ずさった。

「ま、待って！　今混乱してんねん!!」

　顔を真っ赤にしながら、私から離れた響くん。

「わけわからん……ありえへんって……」

「嘘だろ……地味ノ瀬が……」

　いつも冷静な蛍くんも、今は珍しく取り乱している。

　響くん同様に顔を真っ赤にしながら、頭を押さえていた。

「い、いや、地味ノ瀬じゃない。その……すみませんでした……」

「え？　ど、どうして謝るの……！」

　急に頭を下げてきた蛍くんに、私のほうが混乱する。

「あのカレンに、失礼なあだ名つけて……」

「そ、そんな……謝る必要ないのに……！」

　私はいつもカレンと呼ばれていて、特にあだ名とかもなかったから、初めてニックネームをつけてもらえてうれしかったんだ。

　それに、あだ名で呼ばれるって憧れがあったから……地味ノ瀬って呼び方もお気に入り。

「私、愛称（あいしょう）なんてつけてもらったことないから、うれしいよっ」

　そう言って微笑むと、蛍くんは私を見つめたまま、また固まってしまった。

　と思ったら、ぼぼっとさっき以上に顔を真っ赤にさせた蛍くん。

「リ、リアル天使や……」

「ひ、響くん……？」

　ふたりともどうしたの……？

「あ、あの、なんで……えっと、何から聞いていいかわからへん……」

　混乱しているのか、頭を抱えている響くん。

　目をパチパチと瞬かせながら、恐る恐る聞いてきた。

「一ノ瀬花恋って……本名？」

　えっと……正直に、答えてもいいよね。

　この１ヶ月と少し、私はふたりのことをたくさん知った。

　ふたりは……私のことを、他の人にしゃべったりするような人じゃない。

「うん、そうだよ」

　だから、ふたりになら話しても大丈夫だと思った。

「なんで、うちみたいな高校に来たんっすか……？」

「ど、どうして敬語なの？」

　急に敬語になった響くんに対して違和感しかなくて、質問を返す。

「いや……だって、あのカレンやし……」

　あ、あのカレンって……。

「今まで失礼なことばっか言ってたかも……すみませんでした……！！」

　ええ……！

　土下座をしてきた響くんに、慌てて首を横に振る。

　な、なんだか、正道くんの時もこんな感じだったような……。

「失礼なことなんて言われたことないよ……！」

　響くんに、ひどい言葉を投げられたことなんて今まで一度もない。

　だって……。

「それに、ふたりは私がカレンだって知らずに、仲良くなってくれたでしょう？」

　私の正体を知らずに、友達になってくれた初めての人だから。

　響くんも、蛍くんも……ふたりには感謝しかない。

「私……普通の高校生活が送りたくて、この高校に来たの」

　私はゆっくりと、ふたりに自分のことを話した時もある。

「でも……うまくいかなくて、あんな状態になって……やっぱり、普通の生活なんて無理だったのかなって思った」

　星ノ望学園に来たこと、後悔しそうになった。

「けど、響くんと蛍くんが友達になってくれて……本当にうれしかった」

　友達になるって言ってくれて、守ってくれて……ずっと一緒にいてくれて。

「ふたりのおかげで、学校生活が楽しいって思えたのっ」

　ふたりがいるから……今の私があるって言っても過言ではないくらい。

　私にとって、必要不可欠な友達。大好きな友達だ。

「響くんと蛍くんには、感謝してもしきれないよ……」

　心の底からのお礼を伝えて、微笑んだ。

　ふたりは私を見たまま、なぜかごくりと息を飲んでいる。

「そ、そんなん、全然感謝されるようなことしてへんし……！」

「俺たちは、別に……」

「ふたりにとってはそうかもしれないけど、私にとってはうれしいことだったの」

　ふたりと出会えたから、今も楽しく学校生活を送っているんだ。

　私は、響くんがカレンのファンだって知っていながら黙っていた。実質、騙されたと思われても仕方がない。

　嫌われたって当然だ。

　でも……できることなら……。

「これからも……友達でいてくれないかな……？」

　ふたりとはずっと……いつまでも、仲良しでいたい。

　ダメ、かな……。

「あ、当たり前や……!!」

　私の不安を吹き飛ばすように、即答してくれた響くん。

　蛍くんも、こくっと頷いてくれて、私はぱああっと顔を明るくさせた。

「よかったっ……」

　うれしいっ……。

　安心して、ほっと胸をなでおろす。

　バレてしまったけど、これからもふたりと友達でいれることに感謝した。

「隠してて、本当にごめんなさい……バレたら高校にも通えなくなっちゃうから、言えなかったの……」

「あ、謝らんといて……！　普通に言われへんくて当然やろうし！」

　響くん……。

「うん……。あのカレンがいるってわかったら、マスコミも黙ってないだろうし……」

　いつも毒舌な蛍くんもそんなふうに言ってくれて、ふたりの優しさが胸にしみた。

「ありがとう……」

　涙が出そうになったけど、ぐっと堪える。

　今は涙じゃなくて、笑顔を返したい。

「でも、引退してからカレンの目撃情報いっさいでえへんと思ったら……まさか変装しとったとは……」

　まだ少し放心状態の響くんは、私を見ながら瞬きを繰り返している。

「あはは……でも、なかなかバレないよこれ！」

「そ、そうやろうな……」

「見破られたのは天聖さんだけだから」

「え……」

　響くんが、また大きく目を見開いた。

「天聖さんは、知ってんの……？」

　えっと……これは別に言ってもいいよね……？

「うん！」

　隠すことでもないと思い、こくりと頷いた。

　ふたりはなぜか、納得した様子でこそこそと話しだした。

「なるほどな……まあそりゃ惚れるよな……」

「腑に落ちたわ……」

「ふたりとも？」

　何が腑に落ちたの？

「い、いや、なんもない！」

　……？

　気になったけど、それ以上は聞かないでおいた。

「あっ、それより、あの……このこと、黙っててもらえないかな？」

　念のため伝えておかなきゃと思い、お願いをする。

「当たり前やで！　絶対誰にも言わへんから安心してや」

　蛍くんもこくりと頷いてくれて、「ありがとう……」とお礼を言った。

　ふたりのことは信頼しているからか、これからはありのままの一ノ瀬花恋として接したい。

　隠し事がなくなったからか、心も軽くなった。

　改めて、ふたりと友達になれた気がした。

「これからも、よろしくね」

　うれしくて、笑顔が溢れる。

「「……っ」」

　なぜか、私を見ながらまたぼぼっと顔を真っ赤にしたふたり。

　響くん、蛍くん……？

「やばい……破壊力が……」

「メガネ、つけてくれ……」

「え？　う、うん！」

　ふ、ふたりとも、胸を押さえて苦しんでるけど……ど、どうしたのかな？

　もうバレたから、ふたりの前ならメガネはしなくていいんじゃないかなと思っていたけど、そう言われてメガネをかけ直した。

17th STAR
## 最後のひとり

## 奪いたい

【side 蛍】

「それじゃあ、ふたりともまた明日」

　勉強会が終わり、笑顔で手を振ってきた地味ノ瀬……ではなく花恋。

「お、おお……」

「また……」

　俺たちはたどたどしい声で返事をし、花恋を玄関まで見送る。

「響くん、テスト頑張ってね！」

　何も変わらない、メガネをかけたいつも通りの花恋。でも、そのメガネの奥にある素顔を知ってしまった今、その笑顔がまぶしく見えて仕方がなかった。

　ガチャッとドアが閉まり、室内が静寂に包まれる。

　俺たちは少しの間、その場に呆然と立ち尽くした。

「……カレンに頑張ってって言われた……」

　情けない声でそう言ってから、その場にぺたりと座り込んだ響。

　相手があのカレンじゃなかったらなんとも思わなかったけど、今は響がうらやましすぎて殴りたくなった。

　俺だって……頑張ってって言われたかったし……。

「あああ……もう頭おかしなる……勉強どころちゃうって……」

　床で転げ回っている響。バカとしか言いようのない行動だけど、俺ものたうちまわってしまいそうなほど頭の中は混乱していた。

「なあ、ほんまにカレンやったでな……？」

　俺だって聞きたい……。

　さっき……俺たちが見たのは、本当にカレンだったのか……？

　花恋が、あのアイドルの、カレンとか……。

　今までアイドルのカレンだと知らずに接していたのかと思うと、手が震えてきた。

　いや……普通、こんな近くにあの伝説のアイドルがいるなんて思わないだろ……。

　ありえない……こんなことあるのか……。

「やばい……俺今までめっちゃ失礼なことしとったかも……」

　我に返って、過去を反省しはじめた響。

　さっきまでだらしないくらい顔を赤くさせていたくせに、今は顔が真っ青になっていた。

　確かに、これまで響も失礼な発言はあったとは思う。

　でも……俺に比べれば可愛いものだ。

　自分が今まで花恋に言っていた失礼な言葉の数々を思い出し、血の気が引いた。

　地味ノ瀬とか呼んでた……あのカレンを……。

　消えたい……。

　あの絶世の美少女であるカレンに、俺は今までとんでもない発言ばかりしてきた気がする。

　地味だの華やかじゃないだの……どの口が言っていたんだと、頭を抱えた。

　俺だって、校内ではちやほやされているほうだと自負しているけど、カレンとは比べものにならない。

　そんな分際で、あのカレンを地味だなんだと言っていたことが、恥ずかしくて仕方なくなった。

　カレンも、よく怒らなかったな……。

　いつもニコニコ笑っていたし、一度だって俺に反論したことはない。

　多分本気で怒っていなかったんだろうけど、どうしてそこまで寛大(かんだい)でいられたんだと問い詰めたくなった。

　俺が逆の立場なら、このクソ男って罵(ののし)ってただろう。

「これからどんな顔で花恋と接していいんかわからん……」

　響と同じ思考なのは気に入らないけど、その発言には同意するしかなかった。

　今まで通り友達でいたいと言ってくれた花恋。

　俺たちはそれを受け入れたけど、今まで通りなんていられるはずはない。

　だって、相手はあの"カレン"だ。

　男なら誰もが恋をせずにはいられないだろう、あの伝説の美少女。

　それに、間近で見たカレンの素顔は、テレビで見るより何倍も可愛かった。

　可愛すぎて、自分の目を疑ったくらい。

　別に顔だけで判断しているわけじゃないけど、あれはレ

ベルが違いすぎる……。

　同じ人間と思えなかった……。

「ていうか……今までのこと、あのカレンがしてたと思ったらやばくないか？」

「今まで？」

　響の言葉に、そう聞き返す。

「最初、俺らと友達になれてうれしいってめっちゃ喜んでたこと……今思ったら、あのアイドルのカレンが言ってたんやで？　俺たちと、友達になれたくらいで、大喜びしてたんやで？」

「……」

「可愛すぎひんか……？」

　……正直、死ぬほど可愛いと思ってしまった。

　カレンなら、友達なんていくらだってできただろう。

　何もしなくとも周りに人が集まったはずだ。それこそ、俺たちみたいな一般人じゃなく、有名人だって。

　それなのに、別になんの取り柄もない俺や響のような人間と友達になったくらいであんなに喜んでくれていたなんて……。

　思い返すだけで、心臓が痛い。

「それに……楽しすぎて泣いてた時も……」

　響が言っているのは、多分長王院さんの家で花恋の歓迎会をした時のことだろう。

「あんなんで泣くとか……純粋すぎるやろっ……」

　悶えるように、床をドンドン叩いている響。

　放課後に遊びに行くだけで喜んだり、イベントごとに一生懸命になったり……アイドルのカレンがささいなことではしゃいでいたのだと思うと、俺も頭を抱えた。

　あんな綺麗な容姿で、あんな純粋で……どうやったらそんな人間が育つんだろう。

　いじめられた時も、花恋は誰も責めなかったし、怒ることもなかった。

　才色兼備でさらに心まで純粋で綺麗な人間なんて、本当にこの世に存在するのかと驚く。

「もうあかん……あんな可愛いの反則や……俺はどうすればいいねん……」

　こいつがここまで言うのも無理はない。

　俺も今、どうしていいかわからなくなっていた。

「無理……俺の彼女になってくれへんかな……」

「何J-popの歌詞みたいなこと言ってんだよ」

「あああぁ……もうほんまに無理や……長王院さんがライバルとか不毛やし諦めようと思ってたのに……」

　響の言葉に、ぴくりと眉が動く。

「お前、まさか……」

「じゃあ、お前は諦められるん？」

「……」

「ほらな？」

　ぐっと、下唇を噛みしめる。

「あんな可愛くて性格もいいやつなんか世界中どこ探したっておらんで」

　そんなこと……わかってる。

　正直、最近は……花恋の内面に惹かれている自分もいた。

　響も同じだったけど、俺たちはこの感情を抑えようとしていたんだ。

　でも……。

「一か八かだけど……俺は引き下がりたくない」

　アイドルのカレンだからってわけじゃない。顔が綺麗だからとか、それだけの理由でもない。

　ただ、自分が伝説と呼ばれている人間にも関わらず、俺たちに優しく接してくれていたこと。すごい人間なのに少しも鼻にかけていないことを知ってしまった今、もうこの気持ちを止められそうになかった。

　一ノ瀬花恋という人間に、惹かれずにはいられなかった。

　たとえ、ライバルが何人いても、相手があの長王院さんであっても——俺だって、諦めたくない。

「はぁぁ……けど長王院さんに勝てる気せんわ……でも諦めるほうが無理……罪な女やで……」

　ぶつぶつと、呟いている響。

　まさかあのカレンを好きになってしまうなんて、俺も血迷ったなと思った。

　ライバル、多すぎだろ……。

　それでも……頑張るけど。

「長王院さんの前に、俺に勝てるつもり？」

　俺の言葉に、響はニヤリと口角を上げた。

「……まあ、それは余裕やな」

「……黙れ。お前が俺に優ってるところなんてひとつもないだろ」

「はぁ!? 山ほどあるわ!」

「脳筋バカなお前に取り柄なんかひとつもないし」

「勉強しかできひん愛想悪いチビのお前に言われたくないわ!」

「はぁ!?」

　こいつッ……。

　……ま、どう考えても俺がこいつに負ける要素なんてないからな。

　響なんて相手じゃない。

　問題は……長王院さんか。

　あの人も、花恋の正体を知っているらしい。

　どうしてあの長王院さんが地味ノ瀬に惚れたのかと不思議に思っていた時期もあったけど、今では当然のことのように思う。

　長王院さんに落とせない女なんていないだろうと思っていたけど、逆だ。

　……花恋に落ちない男なんて、きっと存在しない。

「とりあえず、俺らも今日からライバルやな……」

　お前のことなんて眼中にないと思いながらも、返事はしなかった。

　現状、俺は男としてなんて微塵も見られていないだろう。

　今まで失礼なことばっかり言ったし、花恋からの好感度ももしかして低いかもしれない。

　明日から、挽回する……。

　でも俺、急に優しくするとかできないし……どうすれば
いいんだ……。

　初めての恋を前に、頭の中はまだ混乱状態だった。

「あー……あかん!!　マジで可愛かった!!　ほんまに現実
やったんか!?」

　さっきのメガネを外した花恋を思い出したのか、突然叫
びだした響。

「うるさい!!」

「同じ人間と思われへん……無理やぁあ!!!」

「うるさいって言ってるだろ!!!」

　そう言いながらも、俺も内心叫んでしまいたい。

「……なあ、俺とんでもないことに気づいた」

「……なんだよ」

「花恋いじめてたやつ、全国民を敵に回したんちゃう」

「……」

　多分、クラスのやつらが花恋の正体に気づいたら……消
えたくなるだろうな。

　中にはファンのやつもいるだろうから、絶対にバレては
いけないと改めて思った。

　俺たちはお目付役をまかされているけど、別に長王院さ
んの命令だからってわけじゃなく……自分の意思で、花恋
が平和に高校生活を送れるように見守ろう。

　一番近くにいる友人として、守ってやらないとと決意を
固めた。

## ライバル

　今日は、テスト1日目。

　昨日は勉強会から帰ってきてぐっすり眠ったし、体調は万全。

　天聖さんと一緒に、学校へ向かう。

　たわいもない話をしている時、私は昨日のことを思い出した。

　あ、そ、そうだ……天聖さんには、言っておかないと……。

「あの、天聖さんにお伝えしなきゃいけないことがあります……」

「……なんだ？」

　ゆっくりと、重たい口を開いた。

「昨日……響くんと蛍くんに、アイドルのカレンだってバレちゃいました……」

「……」

　む、無言……。

　天聖さんが黙り込んでしまい、気まずい空気が流れる。

　今回はさすがに呆れられるかもしれない……。

　怒られはしないだろうけど、私が天聖さんの立場だったら「またか……」って思うに違いない。

「……俺は、ライバルが何人増えたっていい」

　予想外の反応というか、よくわからないセリフが返ってきた。

　首をかしげる私を見て、天聖さんが微笑む。
「お前が人を惹きつける人間だってわかってて好きになった。他の男には負けない」
　……っ。
　ど、どういうことっ……？
　意味はよくわからなかったけど、ふっと微笑む天聖さんに頭を撫でられ、私の顔が赤くなったのは言うまでもない。


「響くん、蛍くん、おはよう！」
　教室に着くと、先にふたりが登校していた。
　まだ他のクラスメイトはいなくて、教室には私たち３人だけ。
「おはよう」
「お、おはよう花恋！」
　あれ……？
　蛍くんはいつも通りだけど、いつもなら元気よく挨拶をしてくれる響くんの様子がおかしい。
「響くん？」
　私と目を合わせてくれないというか……不自然な方向を見ている。
「な、なんもないで！　俺はいつも通りや……！」
「そ、そう？」
　どうしたんだろう……？
「俺もいつも通りだから」
　なぜか、蛍くんもそんな発言をした。

　な、何も言ってないのに……！

「えっと……べ、勉強会しよっか！」

　様子がおかしい気もするけど……これ以上聞かれたくなさそうだし、気にしないでおこう。

　昨日、ふたりには正体がバレてしまったからか、私はいつもより清々しい気持ちだった。

　心のどこかで、本当のことを隠しているという罪悪感がずっとあったから、それから解放されて気が楽になったんだと思う。

「お、おお、そうやな！」

「ああ……花恋もこいつの勉強ばっか見てないで、自分の勉強もしろよ」

　蛍くんなりの気遣いの言葉なんだろうと思ったけど、どうしても違和感を見逃せなかった。

「ほ、蛍くん……どうして花恋って呼ぶの？」

　私のことを、唯一花恋と呼ばない蛍くんが……急に名前呼びになったことに、驚いたと同時に寂しさを感じた。

「……俺に呼ばれるのが嫌ってこと？」

　何か勘違いしているのか、ショックを受けている蛍くんに慌てて首を横に振る。

「ち、違うよ！　いつも地味ノ瀬だったから……」

「……もう呼べるわけないだろ……」

　え？　どうして……？

「でも、他のやつらも先輩たちも、急に呼び方変わったらびびるんちゃう？　今まで通りのほうがいいやろ」

　響くんの言葉に、私も全面的に同意する。

　呼び方で私が元アイドルのカレンだってことがバレると は思えないけど……普通に何かあったのかと疑われそうだ と思った。

「お前……」

　なぜか響くんを睨みつけている蛍くん。

　響くんはというと、この状況を楽しんでいるようにニヤ ニヤしていた。

　響くんがどうしてそんな顔をしているのかもわからない けど……とにかく、私はできればそのままの呼び方がいい な……。

「私、蛍くんに地味ノ瀬って呼ばれるの好きだよ？　だか ら、今まで通りがいいな……」

　昨日も言ったけど、あだ名で呼んでくれるのは蛍くんだ けだし、特別感があって好きだったんだ。

　じっと見つめると、蛍くんは困ったように眉を八の字に 下げた。

「……わかった」

　しぶしぶといった様子で、そう返事をしてくれた蛍くん。

「でも、他の人がいない時は花恋って呼ばせて」

　蛍くんなりに何か譲れない部分があるらしく、私も「わ かった」と返事をした。

　他の人がいない時なら……平気だよね。

「言っとくけど、別に地味ノ瀬ってバカにしてるわけじゃ ないからな」

　ふふっ、そんなこと、言われなくてもわかってる。

「蛍くんが大切に思ってくれてることは、十分わかってる
から」

　出会った頃から、ずっと私のことを守ってくれていた蛍
くんと響くん。

　ふたりは友達として、私のことをすごく大事にしてくれ
ている。

　笑顔を向けると、蛍くんはふいっと目をそらした。

「……っ、あっそ」

　これからも、ふたりとは変わらない関係でいたい。

　そう、改めて思った。


　テスト前、最後の勉強会を終わらせて、私はひとり教室
を出た。

　今日は水筒を忘れてしまって、自動販売機に買いにいく。

　水代120円……う、痛い……。

　食堂で買えばFS生の制度で無料だけど、今の時間は開
いていないから自動販売機で買うしかない。

　というか……自動販売機って、どこだったっけ……？

　どこにでもあるだろうと適当に歩いていたけど、一向に
見つからない。

　また道に迷ってしまった……。

「あ、花恋……！」

　頭を抱えたくなった時、どこからか名前を呼ばれた。視
線を向けた先にいたのはふたり。

「絹世くん！」

　……と、仁さん？

　仁さんは私を見て手を振ってくれて、絹世くんはこっちまで駆け寄ってきてくれた。

「かれーん!!」

　ぎゅっと、飛びついてきた絹世くん。

　メッセージのやり取りはしていたけど、直接会うのは1週間ぶりくらい。

　生徒会の活動がお休みだから、学年が違う私たちが会う機会はそうそうない。

「絹世くん、元気にしてた？」

「全然元気じゃないよ〜……正道くんにはこき使われるし、花恋に会えないし……」

　あはは……正道くんは相変わらずみたい……。

「花恋お疲れ様。こんなところで何してるの？」

　仁さんに話しかけられて、ぺこっと頭を下げる。

「お疲れ様です！　飲み物を買いに……」

「飲み物？　俺たちも水買いに来たんだけど……自販機ならそこにあるよ？」

　えっ……ほ、ほんとだ……！

　仁さんのおかげで自販機を発見し、ペットボトルのお水を購入。

「それじゃあ、また」

「か、花恋、そっちは3年の教室だよ……？」

　仁さんと絹世くんと別れようとしたけど、どうやら方向

を間違えたらしい。

「もしかして迷子になった？」

「えっと……」

「まだ編入してきたばっかりだもんね。送っていくから一緒に行こう」

「すみません……」

　申し訳ない気持ちになったけど、仁さんたちがいてくれてよかった。

「花恋、もしかして方向音痴なの？」

「う、うん、実は……」

　絹世くんの言葉に、苦笑いで頷く。

「へへっ、そんなところも可愛いけど」

　そう言って微笑む絹世くんのほうが、何倍も可愛い。

　顔はよく見えないけど、絹世くんは愛嬌満載だ。

　久しぶりの絹世くんに、癒されて笑みがこぼれた。

「ていうか、仁くんと花恋は仲良かったんだね！」

　私と仁さんに接点があると思っていなかったのか、驚いている絹世くん。

「……って、LOSTだもんね……」

　絹世くんはなぜか腑に落ちたみたいに、ぼそっとそう言った。

　その表情が、少し暗く見えたのは気のせい？

　というか……絹世くんと仁さんのほうこそ、一緒に飲み物買いに来るくらいには仲がいいのかな？

　カレン同盟のことは聞いていたけど……仲がいいこと、

隠してるみたいだったから。

「花恋には俺のこともバレたんだ」

「え？　カレン同盟のこと？」

　仁さんの言葉に、絹世くんが再び驚いている。

　絹世くんは、仁さんがアイドルカレンのファンだって私が知っていること、聞いてなかったみたい。

「そうだったんだ……！　同盟３人集合だね！」

　うれしそうに、私と仁さんの腕をつかんだ絹世くん。

「そういえば、もうひとりの同盟メンバーって誰なんだ？」

　あっ……や、やっぱり、さすがに仁さんも正道くんのことは知らないんだっ……。

「そ、それは内緒……！　もちろん、向こうにも仁くんのことは言ってないから安心して！」

　絹世くんも秘密にしているのか、話そうとはしなかった。

　仁さんも追及するつもりはないらしく、そんなに興味があるわけでもなさそう。

　仁さんって、天聖さんと同じく他人に対して無関心な感じがするもんなぁ……。

　だからなおさら、カレンのファンだって聞いた時は驚いたけど……。

「はぁ、やっぱり花恋といると落ち着くなぁ」

　私の腕にぎゅっと抱きついて、うれしそうにしている絹世くん。

「僕も花恋と同じクラスがよかった……はっ！　留年しようかな!!」

て、天聖さんと同じこと言ってるっ……。

「おいおい、留年したら生徒会じゃなくなるぞ」

「え……それはそれで本望だよ」

「はぁ……」

　仁さんは呆れたように、大きなため息をついた。

「りゅ、留年はダメだよ！　絹世くん頭いいんだからもったいない！　それに、絹世くんが生徒会からいなくなったら私哀しいよ……！」

　みんな簡単に言ってるけど、この学校学費が高いんだよ……！

　１年分の授業料を余計に払わなくちゃならないって考えたら、恐ろしい。

「花恋がそう言うなら頑張る……」

　考えを改めてくれた絹世くんに、ほっと胸をなでおろす。

「……ふたりは、そんなに仲良かったんだね」

　私と絹世くんを見て、仁さんは少し驚いていた。

「うん！　僕と花恋はずっ友だよ！」

「天聖が見たら嫉妬しそう」

　……っ。

　冗談だろうけど、今は軽く流せないような発言をした仁さん。

　し、嫉妬って……。

　絹世くんは私のことを兄妹みたいに慕ってくれているだけだろうし……恋愛感情なんてない。

　それに、天聖さんもそんなに嫉妬をする人じゃないと思う。

「……」

　返事に困ってしまった私の隣で、絹世くんも黙り込んで
いた。

　あれ……？　絹世くん……？

　少しだけ、不機嫌そうに見えた。

　私の前で絹世くんはいつも可愛くて、元気だから、いつ
もと違う表情にとまどう。

「……長王院さんの話はやめて」

「ん？　もしかして絹世が嫉妬してる？」

　絹世くんが？

　もしかしたら、兄妹が取られたみたいな感覚なのかもし
れない。

　そう思った時、誰かのスマホが鳴った。

「……げっ、兄さんからだ……」

　絹世くんだったらしく、スマホの画面を見て嫌そうにし
ている。

　確か、生徒会の時もたまにお兄さんから連絡が入ってい
た気がする。

　頻繁に連絡を取ってるのかな？

　普通に考えたら、仲が良いと思うはずだけど……絹世く
んの反応はいつも嫌そうだ。

「そういえば、最近お兄さんとはどう？」

「相変わらず、ああしろこうしろってうるさいよ」

　ふたりの会話に、首をかしげた。

「絹世くんのお兄さん、怖いの？」

「もう本当に怖い……！　悪魔だよ……！」

　そ、そうなんだ……。

　どうやら、絹世くんはあんまりお兄さんが好きではないらしい。

　姉である身として、私も少しだけ胸が痛くなった。

　弟妹に嫌われたら、私は耐えられないっ……。

「花恋はきょうだいいるの？」

　絹世くんにそう聞かれて、笑顔で頷いた。

「うん！　私は６人きょうだいなの！」

「えっ……」

　なぜか、仁さんがこれでもかというくらい驚いている。

　確かに６人って多いけど、そんなに驚くことかな……？

　仁さんはいつも温厚で、テンションが一定な人。そんな仁さんがここまで大きな反応をしていることが、少し不思議だった。

「ろ、６人って、すごいね……！　兄さんが５人いると思ったら耐えられないよ……！」

　あはは……絹世くんのお兄さん、そんなに怖いのかな……？

「でも、花恋みたいなお姉ちゃんなら欲しかったなぁ〜。花恋のきょうだいはこんなに優しいお姉ちゃんがいて幸せだろうなっ」

　私は全然いいお姉ちゃんになれていないと思うけど、そう言ってもらえるのは純粋にうれしかった。

「ちなみに、みんないくつなの？」

　仁さんが、そう聞いてきた。

　その顔はやっぱりいつもの仁さんじゃなくて、違和感を覚える。

「私が長女で、ひとつ下の妹は12歳です。一番下の弟はまだ6歳で、みんな小さいです」

「……」

「仁さん？」

「あ……ううん。賑やかで楽しそうだね」

　……？　どうしたんだろう？

　笑顔はいつも通りだけど……ひどく取り乱しているように見えた。

「あ、ここ、1年の階だよ。まっすぐ行ったら教室に着くからね。俺たちは教室向こうだから、またね」

　もう教室の近くまで来ていたのか、仁さんの言葉に頭を下げた。

「案内してくれてありがとうございます！　テスト頑張ってください！」

「ありがとう。花恋も頑張ってね。……ほら絹世、行くよ」

「いやだ……！　花恋と離れたくないい……！！」

「あはは……絹世くんもまたね！」

　ふたりと別れて、仁さんが教えてくれた道をまっすぐ歩いて行った。

　仁さんが変だった理由はわからなかったけど、気にすることでもないかと思いそれ以上は考えなかった。

　それより、今から試験なんだから、集中しなきゃ！

今回のテスト……できるだけ良い点を取れるように、頑張るぞ……！

## つかの間の休息

「終わったぁ〜……!!」

　響くんが、大きな声でそう叫んだ。

　私も、うんっと伸びをする。

　終わった……。

　短いようで長かったような……やっぱり短かったような
そんなテスト期間が、たった今幕を下ろした。

　全科目の試験が終わり、響くんは相当疲れたのか机に伏
せている。

「お疲れ様、響くん」

　そう言えば、響くんは私のほうを見てあははと苦笑いを
浮かべた。

「花恋〜……もう当分勉強したないわ……」

　本当に頑張っていたもんね……。昨日も徹夜で勉強した
と言っていたから、最後も追い込んだんだろう。

「でも、結構できたねん……!　手応えありまくり!」

「ほんとに!　よかったぁ……」

「花恋のおかげや……ほんまにありがとう……!」

「響くんが自主的に頑張ったからだよ!」

　そう言って、笑顔を返す。

「花恋……」

　響くんはなぜか目をうるうるさせながら、こっちを見て
いた。

「結果が出るの楽しみだね」

　まだ気が早いけど、きっと響くんはいい点数を取れているはず！

　2年生になっても、みんなで同じクラスになれますように……！

「お、おお！　あ、あのさ……」

　なぜか、言いにくそうに口を開いた響くん。

「なんか、お礼させてくれへん？」

「お礼？」

「ずっと勉強教えてくれたし……なんか返させてや」

　心なしか、頬が赤くなっているように見えた。

　恥ずかしそうに、目をそらしたまま頭をかいている。

「気持ちだけで十分だよ。それに、私のほうがいつもお世話になってるから」

　ふふっ、今回はいつものお礼みたいなものだし、響くんからまたお礼をもらったら意味がない。

「おいお前、口実つけて誘ってんじゃねーぞ！」

　え？

　蛍くんが響くんの頭を小突いて、そんなことを言った。

　口実？

「ちゃ、ちゃうわ！　俺はほんまに礼がしたいだけや……！」

　響くんは顔を真っ赤にして否定しているけど……なんの話をしているのかわからない。

　首をかしげていると、隣にいる陸くんが立ち上がって教室を出ていった。

　陸くん……。

　陸くんとはいっさい話していないけど、今回のテストに
は力を入れていたみたいだった。

　空き時間はいつも勉強をしていたし、生徒会の時も手が
空いた時は教科書を見たり、問題集を解いていた。

　陸くんはすごく努力家な人だ。私は陸くんに嫌われてい
るけど……一方的に、尊敬している。

「っていうか、なんか騒がしない？」

　蛍くんと言い合いをしていた響くんが、ぴたりと動きを
止めてそんな発言をした。

　確かに……。

　廊下のほうがざわついている気がする。

「え……待って、なんであの人たちが」

「やばい、トップ4が揃ってるよ……！」

「あたし生で見るの初めて……！　かっこよすぎっ……」

　いや、ざわつきというより……もう騒ぎに近いくらいだ。

　とくに女の子の黄色い歓声が聞こえていて、私たちは廊
下のほうに視線を向けた。

「え？　仁さん!?」

　響くんの大きな声に視線を向けると、そこには歩いてき
ている仁さんの姿が。

「大河さんと充希さんまでおるやん……」

　あ、よく見ると天聖さんもいる……！

　ひとりだけ後ろにいる天聖さんの姿が見えて、立ち上
がった。

「やっほ、3人とも」

　窓から顔を出して、微笑んだ仁さん。

「どうしたんっすか……!?」

「今からみんなで遊び行こうと思って。テストも終わった
ことだし」

　お誘いに来てくれたらしく、響くんが「マジっすか！」
と喜んでいる。

「仁、お前別に勉強してねーだろ」

　充希さんが仁さんにそう吐き捨てている。

「まあまあ、響も勉強頑張ってたからさ。お疲れ様会って
ことで」

「仁さん……！」

　お疲れ様会……！　楽しそう……！

　でも……。

「花恋も行こうよ」

「ごめんなさい……今日から生徒会活動が再開なんです」

　行きたい気持ちは山々だけど、生徒会をサボるわけには
いかなかった。

　久しぶりの活動だし……私も食堂が無料になったり、
FSの特権を使わせてもらっているから、仕事はしなきゃ
いけない。

「え？　テスト最終日から？　どんだけ鬼やねん生徒会……」

　私も最終日からあると知ってビックリしたけど、生徒会
はつねに仕事がたまっているから、これ以上は休めないん
だろう。

「ていうか、天聖は知ってたの?」

「ああ」

　仁さんの言葉に、無表情のまま答えた天聖さん。

　天聖さんには朝の登校中に、生徒会があることは伝えて
いる。

「言ってくれたらよかったのに」

「お前が花恋たちのところに行くとしか言わなかったから、
こいつもおとなしくついてきたんだろ」

　あ……そうだったんだ。大河さんの言葉で、どういう状
況なのか把握した。

「生徒会があるなら仕方ないね」

　せっかく誘ってもらったのに、申し訳ないな……。

「残念ですけど、みなさんで楽しんできてください!」

「い、いやいや!　テスト終わった祝勝会やろ!　花恋も
必要やって!」

　響くんの気遣いはうれしいけど、しゅ、祝勝会って……。
ちょっと意味が違うような気がするけど……テストに勝っ
たっていうことでいいよね。

「それじゃあ、来週の日曜日にみんなでどっか行く?」

　え?

「今週はちょっと予定があるんだ。来週なら空いてるし、
みんなも予定ないならどう?」

「賛成っす!」

　い、いいのかな……?

「あの、私のことは気にせず、せっかくなので遊んできて

くださいね……！」

　わざわざ日程を合わせてもらうのは申し訳ない気持ちになって、そう言った。

「花恋もいたほうが楽しいし、気にしないでよ。それに、まず充希と天聖は花恋がいないと来ないだろうしね」

　そ、そんなことあるかな……？

「花恋以外のメンツで遊んで何が楽しいんだよ。野郎臭い。花恋がいるなら行ってやってもいいけどな」

　充希さんが、そう言って私を見た。

「俺も、みんな集まってるほうがいいし！　花恋日曜空いてへん？　一緒に行こうや」

　響くんが不安そうにそう聞いてくれて、笑顔で頷く。

「うん……！　ありがとう」

　みんなの優しさに感謝して、お言葉に甘えることにした。

「……っ！　れ、礼とかいらんって……！」

　あれ……？

　響くん、また顔が赤い……？

　この前から、響くんの様子がずっとおかしい。多分、変装がバレてから。

　響くんと蛍くんは気にしないと言ってくれたけど、そんなわけにもいかないよね。

　響くんはアイドル時代の私のことも知ってくれていたみたいだし、気まずくなるのは仕方がないのかもしれない。

　困らせてしまっているかもしれないと思って、少しだけ罪悪感がこみあげた。

「決まりだね。それじゃあテストお疲れ様会は来週の日曜日ってことで」

　仁さんのセリフに、こくりと頷いた。

「ありがとうございます！　楽しみです……！」

　休日にみんなで遊ぶなんて……青春だっ……。

「……響、蛍、どうした？」

「え？」

　なぜか、ふたりを見て首をかしげた仁さん。

「3人とも何かあったの？」

　3人って私も？

「どうしてですか？」

「なんか空気が……いや、何もない」

　言いかけてやめた仁さんは、何事もなかったように笑顔を浮かべた。

「生徒会頑張ってね」

「はいっ」

　生徒会が始まるギリギリの時間までみんなと話してから、遅れないように急いで生徒会室に向かった。


「お疲れ様です」

　久しぶりの生徒会。挨拶をして中に入ると、もう私以外の役員さんはみんな揃っていた。

「い、一ノ瀬……！　お疲れ」

　正道くんが、目を輝かせながらこっちを見ている。

「お久しぶりです、会長」

「あ、ああ……！」

　ふふっ、正道くんも元気そうでよかった。

「かれーーん!!」

「わっ……！」

　絹世くんが飛びついてきて、思わず足元がぐらつく。

「おい、危ないだろ」

　倒れそうになったところを、ギリギリまこ先輩が受け止めてくれた。

　まこ先輩って、細身に見えるけど腕がすごくがっちりしてる……！

　そんなことを思いながら、「ありがとうございます」とお礼を言った。

「花恋に会えなくて辛かったよ……毎日でも会いたい……」

「ははっ、絹世くんは一昨日ぶり」

「おい羽白、俺のことは無視か？」

「武蔵くんとはできれば毎日会いたくない」

　あはは……ふたりの不仲も相変わらず……。

　まこ先輩は眉間にシワを寄せながら、絹世くんを睨みつけている。

「ま、まこ先輩もお久しぶりです」

「ああ。やっと生徒会が再開したな」

　うれしそうに微笑むまこ先輩。え……先輩、生徒会そんなに好きだったの……？

　いつもふたりの時、もう仕事はしたくないって言ってるのに……心境の変化でもあったのかな？

「僕はテスト期間中も働かされてたよ……」

　私の腕にしがみついている絹世くんが、不満そうに頬を膨らませている。

「お前は休んでいた分のツケだろう。真面目にしていればお前みたいにはならない」

「ぐっ……」

「ま、まあまあ、何はともあれ今日からまたよろしくお願いします！」

　苦笑いを浮かべながら、ふたりをなだめた。

「お、おいそこ！　しゃべってないで働け！」

　離れたところから、正道くんの声が飛んでくる。

「あ……ご、ごめんなさい……」

　休み明けなんだから、早く仕事に取りかからなきゃダメだよね……！

「ち、違う！　一ノ瀬に言っているわけじゃないんだ……！一ノ瀬以外のやつに……」

「すぐに働きます……！」

「ち、違うんだ……」

　急いで席について、仕事を始める準備をした。

　生徒会室の奥で、正道くんが泣きそうな顔で頭を抱えていたことには気づかなかった。


「花恋さん、お疲れ様です」

　仕事がひと段落ついた時、声をかけられた。

「伊波さん！　お疲れ様です」

　にっこりと、微笑んでくれる伊波さん。

　伊波さんは、今日も癒しのオーラを放っている。

「試験はどうでしたか？」

「結構できたかなと思います……！」

　多分、そう信じたい……！

「それはよかった。焼き菓子があるので、よければ皆さんでどうぞ」

　伊波さんはそう言って、焼き菓子がいっぱい入ったバスケットを渡してくれた。

「ありがとうございます……！」

　やった……！　全部美味しそう……！

　私が大好きなパウンドケーキも入っていて、思わず目を輝かせた。

「私は少し用事で出てくるので、休憩してくださいね」

　「はい！」と返事をして、テーブルの上にバスケットを置く。

「お菓子！　僕も食べる！」

　ふふっ、絹世くんも甘いもの好きなのかな。

　他の役員さんたちの前にも置いて、お菓子休憩を取る。

　あれ……？

　まこ先輩が、イチゴのドーナツをじっと見つめていることに気づいた。

　先輩、イチゴ好きなのかな？

　もしかして……自分じゃ取りにくい？

　まこ先輩は生徒会室では厳格なキャラだし、可愛いもの

を進んで選べないのかもしれない。

　そう思い、イチゴのドーナツをとって先輩に渡した。

「先輩、これ美味しいので食べてみてください！」

　先輩はそれを見て、目をパチパチさせている。

「……あ、ああ、仕方ないな」

　しぶしぶといった様子で受けとりながらも、うれしさを隠しきれていないまこ先輩。

　ふふっ、可愛い。

　まこ先輩の知らない一面を発見し、思わず頬がゆるんだ。

　美味しいなぁ……。

　パクパクと食べ進めている時、ひとりでせっせと働いている正道くんが気になった。

　正道くんは休憩はあまりとらない人で、放っておけばいつも仕事をしている。

　少しくらい休んで欲しくて、正道くんに近づいた。

　気配を感じたのか、声をかける前にバッと顔を上げて私を見た正道くん。

「い、一ノ瀬!?　ど、どうした？」

「あの、会長も一緒に食べませんか？　伊波さんがくれた焼き菓子」

　笑顔でそう聞けば、正道くんは目を見開いた後、大きく頷いてくれた。

「い、いただこう」

　よかった。

　ふたりで席に戻り、お菓子を食べる。

94

　なんだか、正道くんがこうして他の役員さんたちと休憩
をとっているの、初めて見るかもしれない。

　微笑ましい光景に、うれしくなった。

「正道くん、めずらしく上機嫌だね」

「う、うるさいぞ絹世！　いつも通りだ」

　ふふっ……。

　久しぶりの生徒会、楽しいな……。

　入った当初は、生徒会の活動が苦痛だった。

　でも今は、楽しいし、やりがいも感じている。

　生徒会の空気も……少しずつよくなっているように感じ
ていた。

　ひとりだけ、黙々と仕事をしている陸くん。

　本当は、この輪の中に陸くんも入ってほしい。

　でも……それは私のエゴだとわかっていたから、何も言
わなかった。

　いつか陸くんとも……わかり合える日が来るといいな。

　生徒会が、もっともっとよくなると、いいな……。

## 消えそうな背中

　テストが終わってから、数日が経った。
「成績表、張り出されてるらしいぞ!」
　ん……?
　今は4時間目が終わった時間。いつものようにLOSTの
溜まり場に行こうとした時、クラスメイトのひとりがそう
叫んだ。
　途端、みんながいっせいに教室から出ていった。
「……成績表?」
　って、どういうこと?
　どうやら、わかっていないのは私だけなのか、響くんは
目を輝かせながら私を見ていた。
「……!　行くで花恋!」
「え……ま、待って、どういうこと?」
「どういうって……順位表が張り出されたんやろ!　見に
いこ!」
　そう言って、私の手をつかんだ響くん。
　成績の順位が張り出されるの……?
　ほ、星ノ望学園、恐るべし……。
　それに、まだ個人の成績表も返ってきてないのに。先に
順位が張り出されるんだっ……。
　私は響くんに手を引かれるまま、走ってついて行った。

「うわ、人溢れてんな……」

　成績表が貼り出されている掲示板の前には、人だかりができていた。

「おい、お前いつまで手握ってんだよ」

　一緒に来ていた蛍くんが響くんを睨みつけ、響くんが慌てた様子で私から手を離す。

「え？　……うわっ！　ご、ごめん……！！」

　そんな慌てなくても、腕をつかむくらい前からあったのに……。

　不思議に思いながらも、うんっと背伸びをして成績表を見ようと頑張ってみる。

　けど、私は身長が高くないこともあって、人の頭で見えそうにない。

　前に進むには時間がかかりそうだなぁと思った時、突然道が空いた。

　みんな私たちを避けるようにはけていく。

　え……？

「あ、あれ、LOSTの幹部だよ……！　道空けなきゃ……！」

「え、響さんと蛍さん？　お前ら、邪魔だって……！」

「きゃー！　ふたり揃ってる……！」

　そうだった……。

　いつも一緒にいるから麻痺しているけど、ふたりは校内で有名人なんだった……。

「見て、一ノ瀬さんもいるよ……」

「しっ……！　退学になるよ……！」

　ちらほらと聞こえる、そんな会話。

　……わ、私も嫌な意味で、有名になってしまった……あ
はは……。

　名前を呼んだだけで退学になるなんて、とんでもないと
思いながら、目立たないようにできるだけ身を縮める。

　生徒のみんながはけてくれたおかげで道ができて、私た
ちは成績表のすぐ前まで進んだ。

「あったあった！」

　響くんが成績表を見つけて、視線を走らせている。

　1年、2年、3年の順で貼られていた成績表。

「あ……」

　1年の成績順位表を見て、目を見開いた。

　私の名前が、1位のところに書かれていたから。

「花恋、1位やん!!」

　1位だ……。

　そっか……よかった……。

　このテスト期間中、自分なりにたくさん勉強をしたから、
結果が出てうれしかった。

　同時にとても安心して、ほっと胸をなでおろす。

　これで少しは……生徒会の皆さんにも、私の力を認めて
もらえるかもしれない。

　それに、社長にも顔向けできる。

「すごいで花恋！　ようやった!!」

　まるで自分のことのように喜んでくれる響くんに、笑顔
を返した。

「……ま、おめでとう」

「あ、ありがとう」

「……それなりに頑張ったんじゃない」

　蛍くんまで……。

　普段は褒めたりしない蛍くんの言葉に、うれしくてだらしなく口元が緩んだ。

「……っ、褒めたくらいで、そんなうれしそうにすんな」

　あれ？

　蛍くん、顔が赤い……。

　最近よく赤面しているような気がするけど……まさか、風邪？

　蛍くんも勉強頑張ってたみたいだし、頑張りすぎて体調を崩したのかも……！って、蛍くんと響くんの順位も確認しなきゃ……！

　急いで成績表に目を走らせ、ふたりの名前を探す。

　蛍くん……2位！　それに、陸くんも……！

　ふたりは同じ点数で、同率2位だった。

　響くんは……。

　……え？

　待って……。

　響くんの名前を見つけて、一度自分の目を擦った。

　響くん、この前は40位だったって言ってたよね……？

「ろ、6位だよ……!!」

　6位のところに、はっきりと書かれている「月下響」の文字。

「マジや……」

　響くん本人が一番驚いていて、目を見開いたまま固まっている。

　すごい……！　点数も、4位〜6位は僅差。

　蛍くんも、驚いてパチパチと瞬きを繰り返している。

「こんないい点数初めて取ったわ！」

　うれしそうに、微笑んだ響くん。

　うれしいっ……！

　この2週間、響くんがどれだけ頑張っているか知っているからこそ、その努力が報われたことに感動した。

「おめでとう響くん！」

　勢い余って、ぎゅっと響くんに抱きつく。

　本当に、響くんは頑張ったよ……！

「か、かかか、花恋……!?」

「あ、ごめんね、うれしくてつい……」

　私が急に抱きついたからか、身をよじっている響くん。

　思わず抱きしめてしまったけど、い、嫌だったかな。

「い、いや、別に嫌やったわけちゃうで……！」

　気を使ってそう言ってくれたけど、気をつけなきゃと反省した。

「……」

　なぜか、蛍くんが無言で響くんを睨んでいた。

「に、睨むなや！　はぁ……ていうか、2年の1位はやっぱ長王院さんやな！」

　……え？

慌てて、2年生の成績表を見た。

ほんとだ……！

1位の欄に、大きく書かれた「長王院天聖」の名前。

さすが天聖さんだなぁ……と、なんだか誇らしい気持ちになった。

……あれ？

ま、待って……天聖さんの点数……。

成績表の欄には、名前以外にも点数が書かれている。

私の点数は、全9教科900点中897点。

天聖さんは全11教科1100点中……「1100点」と書かれていた。

ま、満点ってこと……!?

2位の正道くんも、「1079点」っていうすごい点数なのに……天聖さんが規格外すぎる……。

天聖さん……ここまでくると恐ろしいよっ……。

それにしても、2年生のところは上位がすごいことになってる……。

順位は、天聖さん、正道くん、そして次に伊波さんというトップ3になっていた。その次に、大河さん、仁さん、充希さん。そしてまこ先輩、絹世くんの順番だ。

知っている人たちが、みんなで綺麗に上位を独占している……す、すごい。

「ていうか、蛍と陸点数一緒やん。同率2位か」

1年生の順位表を見ながら響くんが笑った。

「勉強時間が足りなかっただけだ。……ま、同率ならいいか」

　ふたりの点数は「880点」。私も、次の試験も１位にな
れるように頑張ろう。
　まだ早いけど、期末試験を見据えて気を引き締めた時、
奥にいる陸くんの姿が目に入った。
「……」
　順位表を見て、立ち尽くしている。
　陸くん……。
　陸くんも私たちに気づいたのか、一瞬視線がぶつかった。
　すぐに顔をそむけて、向こうへいってしまった陸くん。
「あーあ、あいつのメンタル粉々やな」
「自業自得。だっさ」
　陸くんは、ずっと首席だったって言っていた。
　私は、陸くんが勝利に貪欲なことを知っている。
　隠れて努力しているのを、見ていたから……。
「私、ちょっと行ってくるね」
「え？　おい、花恋……！」
　私は陸くんが消えて行った方向へと、急いで走った。


　どうしよう……いない……。こっちに向かったと思うん
だけど……あ！
　角を曲がった時、ひとつの教室に入っていく陸くんの姿
が見えた。
　私は後を追って、その教室に入った。
　教室の真ん中で、立ち尽くしている陸くんと目が合う。
「……何？」

　私を見て、何を考えているかわからない表情をしている陸くん。

　とっさに追いかけてきてしまったけど……。

　何を言っていいかわからず、言葉に詰まる。

　何を言っても陸くんの気に障（さわ）ってしまう気がして、思わず視線を下げた。

「俺のこと、哀（あわ）れみにきたの？」

「……っ、違うよ……！」

　そうじゃない……そうじゃなくて……。

　追いかけないと……陸くんが、消えちゃいそうな気がしたから。

「私は……」

「あーあ……」

　陸くんが、ため息をついて私のほうに歩み寄ってくる。

「お前さえ現れなかったら……」

　そう言って私を見つめる陸くんの瞳には、強い憎悪（ぞうお）が宿っている。

　改めて、私はこの人に嫌われているのだと感じた。

　──ガラガラガラッ。

　教室の扉が開く音が響いて、反射的に視線を向けた。

「おい、お前……カレン……一ノ瀬に何をしている!!」

　正道くん……？

　どうしてここに……。

　私たちを見て、何か勘違いしたのか駆け寄ってきた正道くん。

　そのまま、陸くんを私からつき放した。

「ちっ……鬱陶しい」

　陸くん……？

「……なんだと？」

　陸くんの呟きに、正道くんが険しい表情になった。

「……あんたも、ずいぶん腑抜けになりましたね」

　正道くんを見ながら、鼻で笑った陸くん。

　陸くんは今まで、正道くんに対してこんな言葉遣いはしなかった。

　むしろ、誰よりも正道くんに従順で……いつだって忠誠心を持って接していた。

　それなのに……。

　豹変した陸くんを見て、正道くんも驚いている。

「こんな地味女に入れ込んで……情けないです」

　ははっと、乾いた笑みが静かな室内に響く。

　今の陸くんは……まるで、自暴自棄になっているように思えた。

「お前……彼女を侮辱することは、許さない」

　正道くんが、陸くんを睨みつけている。

　陸くんは少しもひるむことなく、嘲笑うように口角を上げた。

「一番最初に侮辱していたのはどこのどいつですか？」

「……っ」

「よくそんなことが言えますよね。その女にどうほだされたのかは知りませんけど」

「お前……命令制度を忘れたのか？」

　命令制度……。その言葉に、肩が跳ねる。

「覚えてますよ。俺がそんなバカに見えますか？」

「処分を覚悟した上で、言ってるのか？」

「もう……なんか、全部どうでもいいんですよ」

　そう言って笑った陸くんの表情は……なんだかとても、虚しいものに見えた。

　私たちに背を向けて、教室を出ていこうとする陸くん。

「待って陸く——」

「来るな！！」

　大きな声に、身動きがとれなくなった。

「お前の顔を見るだけで……吐き気がする」

　……っ。

　背を向けたままそう言って、教室を出ていった陸くん。

　そう、だよね……。

　嫌われているのに、こんなふうに追いかけてきて……陸くんにとっては迷惑以外の何ものでもなかっただろう。

　私が陸くんの気持ちを考えてあげられていなかった。

　きっと……陸くんの傷口をえぐってしまった。

　去っていった陸くんを、これ以上追いかけることはできなかった。

## 一触即発
いっしょくそくはつ

　陸くんがいなくなって、空き教室に正道くんとふたりになった。

「……カレン、大丈夫だった？」

　心配そうに、私の顔を覗き込んでくる正道くん。

「う、うん」

　それより……。

「正道くん、どうしてここに？」

　突然現れた正道くん。ここの教室、使われてない所みたいだけど……用事でもあったのかな？

「さっき、陸を追いかけるカレンの姿が見えたんだ……」

　正道くんの説明に、なるほどと納得した。

「あいつはカレンのことをよく思っていないから、心配になって……」

　私たちを見つけて、追いかけてきてくれたみたいだ。

「心配してくれてありがとう。でも、話していただけだから平気だよ」

「そうか……」

　安心したように、ほっと息を吐いた正道くん。

　話していただけって言っても……会話にも、ならなかったけど……。

「陸くんがああなってしまったのは……私のせいだと思うから……」

つい、そんな余計なことを言ってしまった。

自分のせい、なんて自意識過剰みたいだけど、原因が私にあるのは確かだ。

だって……私が来るまで、陸くんの学校生活は順風満帆みたいだったから。

私が……陸くんの居場所を奪ったと言っても、過言ではないと思う。

奪うつもりなんて……少しもなかったのに……。

「あいつは元から、プライドの塊のような男だ。気にすることはない」

気を使わせてしまったのか、私のことを慰めるようにそう言ってくれた正道くん。

「それに、いつかこうなるような気がしていたんだ。あいつは俺と……似ているからな」

そう言って、正道くんは少しだけ悲しそうな表情をした。

「私に何か言われるのが、一番嫌だと思うから……そっとしておこうと思う」

「……カレンが気にする必要はないから、あいつのことは放っておいて構わないよ。それに、俺とカレンが報告をすればあいつは退学だな」

た、退学って……！

「そ、そんなことしないよ……！」

命令制度を使わせてしまった私が言うのも失礼だけど、あんな発言くらいで退学になるなんてどうかしてるっ……。

「ああ、カレンがそう言うことはわかってる」

　正道くんは、なぜかうれしそうに笑った。

　今はただ……陸くんがいつも通りに戻ることを願おう。

　いつも通りがなんなのかも、わからないけれど……。

「あ……そ、そうだ……1位おめでとう……！」

　テストのことを言っているのか、正道くんがうれしそうにそう言った。

　私の順位まで見てくれたんだ。

「ありがとう」

　笑顔を返すと、気まずそうに視線を下げた正道くん。

「僕は……情けないが、2位という結果になってしまった……」

　そんな……情けなくなんてないのに。

　2位は、誇っていい順位だ。

　というか、1位の天聖さんがすごすぎるだけというかっ……。

「今回はいつも以上に睡眠時間も削って試験に挑んだんだが……」

　その言葉と正道くんの表情から、どれだけ努力したのかが伝わってきた。

　努力家な正道くん。きっと、今回もすごく頑張ったんだと思う。

「正道くんが頑張ったことはわかってるよっ。いつも努力してるところ、すごいなって思ってる」

「……っ」

　私の言葉に、顔をくしゃっと歪めた正道くん。

　その顔が、今にも泣きだしそうに見えた。

「カレンに比べたら、僕なんて全然……」

　小さな声でそう言って、うつむいてしまった正道くん。

　心配になって顔を覗き込もうとした時、正道くんは勢いよく顔を上げた。

「つ……次は頑張る!!　僕が1位になる日を待っていてくれ……!!」

　拳を握り、大きな声で宣言した正道くん。

「うん」

　私も……頑張ろう。

　いつも頑張っている正道くんを見ていると、そう思わされた。

　──ガラガラガラッ!

「花恋!!」

「……え?」

　また扉が開く音がして振り返る。

　そこにいたのは……息を切らした響くんと蛍くんの姿だった。

「陸は?」

　急いで駆け寄ってきてくれる響くん。もしかして、探してきてくれたのかな……?

「さっきまでいたんだけど、行っちゃった……」

「そ、そうやったんや……ていうか、なんでそいつとふたりなん?」

　あっ……。

　響くんも蛍くんも、正道くんのほうを見て不思議そうに
している。

　というか、蛍くんに関しては、まるで仇を見るような目
で睨みつけていた。

　ふたりは私と正道くんの関係を知らないし、あんなこと
があったから……不審(ふしん)がるのも無理はない。

「か、会長も陸くんに話があって……それで一緒にいただ
けだよ！」

　ごまかすため、慌ててそう返事をした。

「……まあ、無事でよかったわ」

　納得はいっていなさそうだけど、それ以上は何も聞いて
こなかった響くん。

「……先輩たちが待ってるだろうし、早く行こう」

　蛍くんが、私の腕をつかんだ。

　あ、そっか……今お昼休みだった……！

　いつもこの時間には溜まり場に行っているし、みんなが
心配しているかもしれない。

　手を引かれるまま、正道くんにさよならをして行こうと
思った時、今度は逆の腕をつかまれた。

「……おい、その手を離せ」

　正道くん……？

　引き止めるように腕をつかんできた正道くん。

「……は？」

　ぴたりと動きを止めた蛍くんは、見たこともないような
形相(ぎょうそう)で振り返った。

　ぞっとするほど、怖い顔をしている蛍くん。

　よく響くんに怒っている蛍くんだけど、あれは本当に軽い冗談だったんだと思い知る。

　正直、蛍くんが暴走族に入っているという事実にずっと違和感があったんだ。

　蛍くんはどちらかといえば可愛い部類に入る顔立ちをしているし、おとなしいし、喧嘩とかは似合わなそうなのに。

　でも……この表情を見て、納得してしまった。

「気安く触るな」

　蛍くんは私だったら腰を抜かしてしまいそうなほど怖い顔をしているけど、正道くんは少しも怯えた様子はない。むしろ睨み返していて、周辺には険悪すぎる空気が流れていた。

「……なんであんたに命令されないといけないわけ？」

　蛍くんは正道くんを見て、低い声を出している。

　いつもの蛍くんの声が、可愛く聞こえてしまうくらいドスの効いた声色。

「あんた、花恋をいじめてただろ？　そんな人間が、俺たちに命令するな」

「……っ」

　ぐっと、下唇を噛みしめた正道くん。

「そうやで。俺らは親友やねん」

　響くんまで正道くんを睨んでいて、室内に流れている空気はもう最悪だった。

「ふ、ふたりとも、会長は悪い人じゃないんだよ！」

　と、とにかく、この３人を引き離さなきゃ……！
「えっと……それじゃあまた生徒会で！」
　私は響くんと蛍くんの背中を押して、正道くんに手を
振った。
「ああ……」
　悲しげな眼差しを向けてくる正道くんを置いて、急いで
教室を出た。


　ふぅ……正道くんを置いていくのは心苦しかったけど、
ひとまずあの空気から逃げ出せてよかった……。
　殴り合いが始まっちゃうんじゃないかって思うくらい険
悪な空気だったから、ひやひやした……。
「……なんやねんあれ」
　溜まり場に向かいながら、一番に口を開いたのは響くん
だった。
　眉間にシワを寄せ、怪訝な顔をしている。
「会長って、花恋のこと嫌ってるんじゃなかったのか」
　蛍くんも同じように険しい表情をしていて、なんて言う
べきか頭を悩ませた。
　正道くんに正体がバレているということは、あまり話さ
ないほうがいいと思った。
　アイドルのファンだって、正道くんは隠しているし……
このことを話したら、結果的にファンであることも話すこ
とになってしまうから。
「な、仲直りしたの」

　考えた末、そう口にした。

「仲直り、なぁ……なんかえらい花恋のこと気に入ってそうに見えたけど……」

「ちっ……都合いい男だな」

　ふたりは不満そうにぶつぶつと何か言っていたけど、それ以上聞かれることはなくて、私はこっそり安堵の息を吐き出した。

「あんまりあいつとは仲良くせんようにな」

「そうだ。あの男はやばそうだから、できるだけ近づくなよ」

　あはは……正道くん、会長なのにちょっとかわいそう……。

　ふたりが心配してくれるのはとってもうれしいけど、これからは正道くんとふたりを引き合わせないようにしないとと心に誓った。


「お疲れ様です」

　LOSTの溜まり場に着くと、いつも通り2年生のみんなが揃っていた。

「遅かったな」

「花恋がこないから、天聖ずっとそわそわしてたんだよ」

「遅くなってごめんなさい」

　心配をかけてしまっていたのか、仁さんの言葉を聞いて天聖さんに謝った。

「何もないならいい」

　優しい声で、いつもの笑みを向けてくれる天聖さん。

う……。

　あの告白からというもの、どうしても意識してしまって、笑顔を向けられるだけで恥ずかしくなった。

　い、いつも通りにしなきゃ、他のみんなに怪しまれちゃう……。

　できるだけ平静を装って、席に座る。

「そういえば花恋、1位おめでとう」

　仁さんが、私を見て笑顔でそう言ってくれる。

　あ……成績順位、見てくれたんだ。

「ありがとうございます」

「すごいな。まさか首席を取るとは」

　大河さんに感心され、うれしさと照れくさい気持ちが相なかばする。

「さすが俺が認めた女」

　隣の席に座っている充希さんも、わしゃわしゃと頭を撫でて微笑んでくれた。

「よくやったな」

「天聖さんも、1位おめでとうございます！」

　私より、天聖さんのほうがすごい。

「満点なんてすごいですね……！」

　11科目全教科満点なんて、もう人間離れしてるよ……！

「いや、天聖にとっては当たり前だよ」

　え……？

「天聖がミスをしているところなんて、見たことがないからな」

　仁さんと大河さんのセリフに、驚愕した。

　それって……いつも満点ってこと……？

「テストなんて、天聖からしたら問題の答えを書くお遊び
だから」

「あ、あはは……」

　いつだって、私の想像の上を軽く超えていく。

　天聖さん、恐るべし……。


　お昼休みが終わる時間になって、教室に戻ってきた。

　陸くんの姿がなくて、キョロキョロとあたりを見渡す。

　いつもなら、この時間には戻ってきてるのに……。

　やっぱり、私に会いたくないのかな……。

　理由なんて、それしか見当たらない。

　チャイムがなって、ますます心配になった。

「陸くん、戻ってきてないね……」

　陸くんが授業をサボるなんて……。

「逃げたんやろ。あいつの性格上、恥ずかしくて教室おら
れへんやろなぁ」

「ほっとけばいい」

　ふたりはどうでもよさそうにそう言っているけど、気に
せずにはいられない。

　授業が始まって、集中しなきゃと自分に言い聞かせる。

　でも、どうしても陸くんのことが気になって、その日は
集中できなかった。

　生徒会には来てくれるかな……。

　私の願いも虚しく、その日陸くんが生徒会に来ることは
なかった。
　そして——陸くんは、翌日から学校にも来なくなってし
まった。

## 突撃！

　陸くんが学校に来なくなってから、3日が経った。

　今日も、陸くん来なかったな……。

　放課後になるまで、空いたままだった隣の席を見つめる。

　どうすればいいんだろう……。

　正道くんも響くんや蛍くんも、気にしなくていいって言ってくれたけど……そういうわけにはいかない。

　自分が関係している以上、罪悪感はあるし、他人事なんて思えない。

　だからといって……。

『お前の顔を見るだけで……吐き気がする』

　私から陸くんに接触することは、できない……。

　どうすることもできない状況に、ため息を吐きだした。

　悩んでても仕方がないよね……生徒会に行かなきゃ。

「響くん、蛍くん、また明日」

　ふたりに手を振って、生徒会室に行こうとした時だった。

「ねえ、あの噂聞いた？」

「噂って何？」

「陸様、学校辞めるらしいよ」

　……え？

　クラスの女の子たちの会話が耳に入って、ぴたりと足が止まった。

　待って……陸くんが、学校を辞める？

　どうして……。

「まさか中間試験で2位になったから？　そんなことで辞める……？」

「2位でも十分すごいのにね……まあ、陸様って完璧主義なところあるし」

「せっかくの目の保養がいなくなったら困る……」

　陸くん……。

　女の子たちは、会話をしながら教室を出ていった。

　響くんたちも聞こえていたのか、呆れた表情をしている。

「なんやねんその噂。初めて聞いたわ」

「所詮、噂だろ。……ま、あいつが辞めても俺は困らないけど」

　本当に……そんなふうに思ってるのかな？

　ううん、きっと虚勢だ。

　響くんも蛍くんも……どこか心配そうな顔をしてる。

　陸くんのこと、少しは友達だって、思っている証拠だ。

　私はぐっと下唇を噛みしめたあと、ふたりを見た。

「陸くんのところに行かなきゃ……」

　私……やっぱり陸くんと、ちゃんと話したい。

　分かり合えなくても、つき放されても……このままでいたくない。

　きっと、後悔するから。

「……何で花恋がそこまでするねん」

「そうだ。お前、陸に何されたか忘れたのか？」

　もちろん、忘れたわけじゃない。

　陸くんのことが怖かったし、たくさん悲しい思いもした。

　でも……。

「私にとっては大したことじゃない。だって、みんなが守ってくれたから」

　私には、守ってくれる人がいた。支えてくれる人たちが。

　響くんや蛍くん、LOSTのみんな……そして、天聖さん。

「だけど、今の陸くんを守ってくれる人は……いないのかもしれない。陸くんは、もうずっとひとりで苦しんでたと思う」

　最近は、いつもひとりでいた陸くん。どうしてか私には陸くんが……助けを求めているような気がして仕方なかったんだ。

「あいつが勝手に苦しんでるだけやろ。自分自身のアホみたいなプライドのせいや」

「誰のせいでもない。あいつが自分で招いた結果だよ。お前が責任感じる必要ない」

　ううん、違うよ。

「責任とかじゃなくて……」

　これは、私のエゴ。

「いなくなってほしくないの」

　陸くんは、一番最初に私に声をかけてくれたクラスメイトだから。

　私を生徒会室に案内してくれて、いろんなことを教えてくれた。

　本当に、仲良くしてくれた期間は一瞬だったけど……今

までたくさん、陸くんのことを見てきた。

　無視をされていた時も、一方的に見ていたからわかる。

　陸くんは、本当は悪い人なんかじゃないって。

　陸くんがいなくなっちゃう前に……一刻も早く話さなきゃ。

「……ほんまお人好しやな」

「あれだけ嫌がらせされておいて……お前の思考が理解できない」

　ふたりは呆れたように、ため息を吐いた。

「でも、そこが花恋のいいとこやもんな」

　響くん……。

「俺だったらどん底まで落としてやるのに」

　ど、どん底って……蛍くんが言うと怖いっ……。

「……花恋がそこまで言うなら、仕方ないなぁ」

「お前は意外と頑固だからな。俺たちが何言っても止まらないだろ」

　私を見て微笑むふたりに、笑みが溢れる。

　ふたりとも……。

　「ありがとう」と感謝の言葉を口にした。

「とにかく、陸くんを探そうと思う！　どこにいるか、わかったりしないかな……？」

「多分寮ちゃう？　でも、陸は生徒会寮やし……行ってもあけてもらわれへんやろ」

　生徒会寮……？　生徒会だけ、特別な寮があるのかな？

　寮のことに関してはまったくの無知だから、よくわから

ない。

「それって、生徒会役員しか入れないの？」

「そうそう。生徒会の寮は他の寮よりセキュリティ厳しいから、寮生以外は基本的に入られへんねん」

　そうなんだ……。

「寮生が一緒におるか、オートロック解除してもらったら潜れるけど……陸は絶対に開けてくれへんやろうしな」

　他の寮生が一緒なら……？

　あっ、そうだ……！

「……会長に頼んでみる！」

　私はそう言って、すぐに正道くんに連絡をした。

　私情で頼るのはどうかと思うけど……今は正道くんにお願いする以外、思いつかない。

「え？　会長の連絡先知ってるん？」

「あっ……せ、生徒会のメールアドレスで……」

　い、いけないいけない……。正道くんとの関係は、バレちゃダメだ……。

　嘘をついてごめんね……と心の中で謝ってから、メッセージを送信する。

【正道くん、生徒会の寮に入れてもらえないかな？】

　えっ……は、早い……！

　一瞬で既読がついて、そしてそのあとすぐに返信がきた。

【陸か？】

　さすがの洞察力というか、私の考えはお見通しだったようだ。

【うん。陸くんが退学するかもしれないって噂を聞いて】

　既読がついてから、返信がこない。

　この噂は……本当なんだ……。

【ちゃんと、話したいの】

　少し間が空いてから、返事が届いた。

【わかった。今から寮に向かう】

　……！　よかった……！

【ありがとう】と送ってから、ふたりのほうを見る。

「入れてもらえるって……！」

　正道くんに頼んで、よかった……。

「会長、相当花恋になついてへんか……？」

「えっ……！」

　なぜか疑うように目を細めている響くん。

「鬱陶しいな……あのクソ会長」

　蛍くんも物騒なセリフを口にしていて、苦笑いが溢れた。

　ひ、ひどい言われようっ……。

「や、役員だから、気にかけてくれてるだけだよ！　とにかく、寮に行ってくるね！」

「待って、心配やから俺も行くわ。花恋、道わからんやろうし」

　た、確かにっ……。

「俺も」

　ふたりがついてきてくれるのは、すごく心強い。

　それに、やっぱりふたりも陸くんのことが心配なんだろうなと、うれしくなった。

「かれ……一ノ瀬！」

　生徒会寮の近くに来た時、遠くから名前を呼ばれた。

　正道くん……！

「まさ……会長！　来てくれてありがとうございます！」

　私もつい名前を呼びそうになって、慌てて言い直す。

　私の言葉に、正道くんはうれしそうに微笑んでくれた。

「一ノ瀬の頼みなら、いつだって駆けつける！」

「「……」」

　後ろで、正道くんを睨んでいる蛍くんと響くん。

　正道くんもふたりの視線に気づいたのか、眉間にシワを寄せた。

「……一ノ瀬、このふたりは？」

「ふたりも陸くんと同じクラスなんです！　一緒に来てくれて……」

　この前、3人は一緒にしないでおこうと思ったばかりだけど、また集まることになってしまった……。で、でも、今回は非常事態だから仕方ない。

　ただ、険悪な空気はこの前よりも悪化していて、お互いに敵意むき出しだった。

　生徒会とLOSTって、本当に仲が悪いんだな……。

「お前たちはここで待っていろ」

「は？」

　正道くんの言葉に、蛍くんが顔をしかめた。

「ここは生徒会役員以外立ち入り禁止だ。一ノ瀬はFS生だから構わないが、お前たちのようなLS生が入っていい場

所ではない」

　え……。

「なんでやねん！　いいやろ入るくらい！」

「ダメだ」

　そんな……。

　ルールだから仕方がないとはいえ、陸くんを心配する気持ちはみんな同じなはず。

「ふたりも友達なんです……ダメですか？」

　ダメ元でそう頼むと、正道くんは「うっ」と言葉を詰まらせた。

「……仕方ない。今日だけだぞ」

　正道くん……！

「ありがとうございますっ！」

　特別に許してくれた正道くんに、笑顔でお礼を言う。

　よかった……やっぱり正道くんは優しい。

「い、いや、礼には及ばない！　いつでも俺を頼ってくれ！」

「なあ、こいつ花恋にだけちょろすぎひん？」

「こんなキャラじゃなかったはずだけど……」

　誇らしげな表情をしている正道くんを見ながら、ふたりは何やらこそこそ話をしている。

「行こう。案内する」

　私はこくりと頷いて、正道くんについて行った。


「生徒会寮って……金かかりすぎやろ」

　生徒会寮の中を歩きながら、響くんはキョロキョロと建

物内を見渡していた。

　確かに……なんていうか、寮っていうよりお城みたいだな……あはは……。

　生徒会室も相当豪華な作りだけど、寮はまた一段とお金がかかっていそうだ。

　みんなこんなところに住んでいるんだ……す、すごい……。

「一般寮とは全然違うからな」

　蛍くんは入ったことがあるのか、さほど驚いてはいなさそう。

「どこまでも気に入らん集団やな……」

「ふっ、それはお互い様だな」

　正道くんが、少し小バカにするように鼻で笑った。

　け、険悪な空気すぎる……。

「一ノ瀬、ここだ」

　ひとつの部屋の前で、足を止めた正道くん。

　ここが、陸くんの部屋……。

　中に、陸くんがいるのかな……。

　久しぶりだから、緊張する。

　ううん、久しぶりだからじゃない。最後に会ったのがあんな形だったから、正直陸くんに会うのが怖かった。

　でも……逃げない。

　どれだけつき放されても……私はちゃんと、陸くんに向きあいたいよ。

　──ピンポーン。

　正道くんが、インターホンを押した。

「まあ、出ないだろうな……」

　応答はなく、物音もしない。

　ここまではこれたけど……やっぱり、陸くんには会えないのかな……。

「……そんなことだろうと思って、一応スペアキーを用意してきた」

「え……！」

　ポケットからカードキーを取り出した正道くん。

「一応寮長だからな。全室のスペアキーは管理している。強行突破するか？」

　勝手に入るなんて……そんなことしてもいいのかな……。

「このままでいいとは、俺も思っていない」

　正道くんはそう言って、私の顔を見た。

「一ノ瀬が後悔する姿は見たくない」

　正道くん……。

「……はい。入らせてください」

　まっすぐに正道くんを見つめながら、こくりと頷いた。

「本当にありがとうございます……会長にお願いしてよかったっ……」

　正道くんのおかげだ……。

「ち、力になれたのなら何よりだ……！」

「……なあ蛍、やっぱこいつおかしいって……」

「ていうかスペアキーで開けるって……デリカシーのかけらもないな……」

　後ろでこそこそ話しているふたりと正道くんを見なが

ら、私は口を開いた。

「あの……一度私ひとりで話してきてもいいかな？」

　みんなで入ったら、警戒されるかもしれない。って、私が入ってきても十分警戒されるだろうけど……少しだけでいいから、ふたりで話がしたかった。

　陸くんと、面と向かってきちんと話せたことは、なかったから。

「それは……」

「さすがに危ないやろ」

「俺も反対だ。今ごろあいつ自暴自棄になってるだろうから、危険だって」

　3人とも反対だったけど、私の意見は変わらなかった。

「陸くんと、1対1でちゃんと話したい」

　今回だけは……引けない。

　じっと、3人を見つめる。

「……わかった」

　最初にそう言ってくれたのは、正道くんだった。

「何かあったらすぐに叫んでくれ。ここで待っている」

　ふたりも理解してくれたのか、こくりと頷いてくれた。

「ありがとうございます！　行ってきます！」

　ふぅ……と、一度深呼吸をする。

　正道くんに鍵を開けてもらって、ドアを押した。

「陸くん、入るね」

　玄関から、そっと声をかける。

　これって不法侵入？……お、怒られちゃうかな……。

　心配になりながらも、ゆっくりと奥に進んでいく。

　陸くん、どこだろう……。

　一番奥の部屋に入ると、すぐに陸くんの姿を見つけた。

　ベッドに座ったまま、ぼうっと外を見ている。

　部屋着のままで、髪も無造作になっていた。

　いつもきちっと身だしなみを整えている陸くんからかけ離れている姿に驚く。

「……何しに来たんだよ」

　私と視線を合わせないまま、そう言った陸くん。

　スペアキーで勝手に入ったのに、陸くんは驚いている様子はない。

　なんていうか……もう何もかもがどうでもいいみたいな目をしていた。

　その姿を見て、ひどく胸が痛んだ。

「急にきてごめんなさい。どうしても話したくて……」

「今、一番お前に会いたくないって、わからないのか？」

　……うん。

「わかってるよ。……わかってるから今まで何も言わなかったの」

　私が何を言っても、陸くんを傷つけてしまうだけだって思ってたから。陸くんが立ち直ってくれるのを、ただひたすらに願ってた。

「でも……陸くんが、いなくなるって聞いたから……」

　もう、いてもたってもいられなくなったんだよ。

「どうせ俺は退学だ。だったら、自分から辞めてやる」

「どうせって……」

「お前が命令させたんだろ。いっさいの悪事を禁止するって。お前に暴言を吐いた俺は処分対象だ」

　そうだよね……。元はといえば、私が自分の身も守れなかったから、天聖さんが守ってくれたんだ。

「けど、私は退学なんて望んでないよ」

「お前の情けなんて受けない」

　陸くんからは、否定的な言葉しか返ってこない。

　私が何を言っても……陸くんには届かないよね……。

　私は、陸くんに近づいた。

　陸くんの目を見て、そっと問いかける。

「それじゃあ、私がいなくなったら陸くんは満足してくれる？」

「は？」

「私が学校を辞めたら、陸くんは幸せになれる？」

　陸くんが、ようやく私と目を合わせてくれた。

　驚いているのか、その瞳は大きく見開かれている。

　ねえ、答えて陸くん。

　……きっと、違うと思うんだ。

　私ね、陸くんの気持ち……少しだけわかるような気がするの。

　だって……私たちは、似た者同士だと思うから。

　ずっとそんな気がしてた。陸くんは一番……私に近い気がするって。

# 18th STAR
# 変化する生徒会

## キミに落ちる

【side 陸】

　俺の人生計画は、途中まで完璧なはずだった。

　……あの女が来るまでは。


　星ノ望学園高等学校。国内でも有名な進学校で、名家の子息令嬢が集まるトップクラスの高校。

　そこで学年首席。1年にして生徒会役員の中でも上層部に位置していた。

　俺が2年になっても、まだあのバケものである長王院が在籍しているため、やつが卒業し3年になった頃にはシリウスになれるだろう。……そう思っていたのに。

　中間試験で2位という順位を突きつけられた俺は、絶望した。

　花恋に負けただけではなく、蛍とも同率。俺のプライドは激しく傷つけられた。

　もう何もかもがどうでもよくなって、寮部屋に引きこもった。


　今まで順風満帆な人生を歩んでいた俺が突然引きこもり、成績も落ちてしまったため、親は大そう失望しているらしい。俺のことが気に入らない従兄弟が教えてくれた。

　親の期待を一身に背負って、その期待に応えることを生

きがいにしていた身としては、それを聞いた時は正直虚し
かった。

結局、大した期待もされていなかったんだろう。

たった一度２位になっただけでこれか……。

まあ、学校にもいかなくなったし、失望されても仕方が
ない。

何より、俺に一番失望しているのは俺自身だったから。

もう……全部やめてしまいたい。

そう思った俺の行動は早く、退学届を出した。

すぐに受理してもらえそうにはないけど、このまま欠席
すれば教員陣も受け入れてくれるだろう。

きっとみんな「あいつもこんなものだったのか」と諦め
て、早々に俺に構わなくなるはずだ。

勝手にこんなことをすれば両親に勘当される可能性だっ
てあるけど、もうどうでもいい。

本当に、何もかもがどうでもよかった。

起きるのも面倒で、ベッドに座ったままぼうっと窓の外
を見る。

薄暗い空。でも、俺の心中よりはまだマシだ。

今まで何もしない時間なんてなかったからか、ただぼ
うっとしているだけなのに焦燥感に駆られる。

俺がこうして時間を無駄にしている間に、他の人間は努
力しているんだろう。そしてどんどん差が開いて……俺だ
けが堕ちていくんだ。

……もう、どうだっていいけど。

　　——ピンポーン。

　インターホンの音が鳴った。

　……誰だ？

　俺には、見舞いに来るような友人もいない。

　生徒会のやつらが、仕事の内容でも聞きに来たのか……？

　いや、それなら連絡をしてくるはず。って、もうスマホ
さえ開いていないから、直接聞きにきたのかもしれない。

　でも、対応する気にはなれなかった。

　もう一歩も動きたくない。

　無視をしていると、玄関の扉が開く音がした。

　……は？　ああ、会長か。

　俺の生存確認でもしにきたのかもしれない。あの人なら
スペアキーを持ってるし、出入りでき……。

「陸くん、入るね」

　……花恋？

　足音が近づいてくる。

　こいつ……会長に頼んだのか？

　会長も……ずいぶん花恋の言いなりだな。

　何があったかは結局わかっていないけど、会長が花恋を
気に入っていることだけは明白だ。

「……何しに来たんだよ」

　ゆっくりと、リビングに入ってきた花恋にそう言った。

　本当は今すぐ追い出してやりたいが、叫ぶ気力はもちろ
んない。

「急にきてごめんなさい。どうしても話したくて……」

「今、一番お前に会いたくないって、わからないのか？」

「わかってるよ。……わかってるから今まで何も言わなかったの」

　……。その言葉に対しては、言い返すセリフが思い浮かばなかった。

　こいつが、俺に関わらないようにしていたことは知っている。

　俺がこいつに慰められたり、関わられることが一番嫌だと、こいつはわかっていたんだろう。

　気を使って、あえて俺に触れてこなかった。でもその気遣いすら、俺を苛立たせる原因のひとつだったけど。

「でも……陸くんが、いなくなるって聞いたから……」

　退学の申請をしたこと、もう噂になっていたのか。本当に、噂話が好きな連中が多いなこの学園は。……うんざりする。

　俺のことを持ち上げていた連中たちも、花恋が来て、命令制度が発令されたと同時に180度態度を変えた。

　俺よりも花恋側についたほうがいいと考えたんだろう。

　みんな腫れものを扱うような対応になり、俺から離れていった。

「どうせ俺は退学だ。だったら、自分からやめてやる」

　こんな学園、俺のほうからごめんだ。

「どうせって……」

「お前が命令させたんだろ。いっさいの悪事を禁止するって。お前に暴言を吐いた俺は処分対象だ」

「けど、私は退学なんて望んでないよ」

「お前の情けなんて受けない」

　もう、俺に関わるな。

　俺がこうなったのは……全部お前のせいだ。

「それじゃあ、私がいなくなったら陸くんは満足してくれる？」

「は？」

　花恋の言葉に、思わず顔を上げる。

「私が学校を辞めたら、陸くんは幸せになれる？」

　俺をじっと見つめて、そう聞いてきた。

　……なんだ、それ。

　そうだって言えば、こいつは学校を辞めるのか？　そんなわけないくせに。

　そんな言葉を飲み込んでから考えた。

　俺は……こいつがまだいなかった頃、幸せだったのか。

　自分自身に問いかけた。

　答えは……NOだった。

　……違う、俺の人生は、俺にとって順風満帆なんかじゃなかった。

　だって、幸せなんて感じたことがなかったから。

　順風満帆っていうのは、他人から見た俺だ。

　俺自身が満足したことや、充実感を覚えたことは一度もない。

　なんでもできて、顔も整っていて、完璧な人間。

　そう言われていたし、自分自身そうだと自負していた。

　けど、俺は自分に向けられる羨望（せんぼう）の眼差しが、たまらなく気持ち悪かった。

　すごいと言われるたび、賞賛（しょうさん）されるたび、言いようのない焦（あせ）りに襲（おそ）われて、虚無感が消えなかった。

「あのね……私、陸くんのこと尊敬してるの」

　……なんだ、急に。

「……やめろ」

　気持ち悪い。尊敬？　お前よりバカな俺を？

　イヤミにしか聞こえない。

「もう何も言うな。お前に何を言われても、腹が立って仕方がない」

　どこまで、俺をみじめにすれば気が済むんだ……。

「お前みたいな努力しなくてもなんでもできるやつには、俺みたいな雑魚（ざこ）の気持ちはわからないだろうな」

　いつだって余裕で、俺を超えてくる。

　俺が死にもの狂いで努力してやっとできるラインに、こいつは易々と足を踏み入れるんだ。

　それが……悔（くや）しくて、情けなくて、仕方がない。

　俺には超えられないのだと、嘲笑われている気分だった。

「私、なんでもできるわけじゃない」

　……は？

　悲しげな声に、視線を上げる。

「なんでもできるように見せなきゃって、必死に生きてきたの」

　花恋はそう言って、今にも泣きそうな顔で笑った。

　いつもへらへら笑って、何を考えているかわからないこいつが、こんな顔をするのかと驚いた。

「陸くんならわかってくれるんじゃないかって思ってた。きっと……同じだって感じてたから」

「……」

　こいつが……必死に生きてきただって？

　お前は、なんだってできるだろ。

　大して努力しているようにも見えない。要領がいい人間なんだと思っていた。

　でも……その言葉に、少しだけ俺の目に映るこいつの姿が違って見えた。

「一緒だよ、私たち」

　……もしかすると、俺は見ようとしていなかっただけなのかもしれない。

　こいつの努力を。……こいつ自身を。

「陸くんだってきっと最初からなんでもできたわけじゃないよね」

「……」

「よくできたねって褒められたかったんだよね」

「……」

「周りの期待に応えようって……必死に頑張ってきたんだよね」

　——そうだ。

　俺はいつだって、両親や教師たち、そして周りの人間の期待に応えようと必死だった。

　俺だって、なんでもできたわけじゃない。

　周りの人間は「才能」のひと言で俺を片づけようとするけど、俺は大した才能をもって生まれた人間ではない。

　俺はただ……誰よりも頑張った。それだけは胸を張って言えた。

　誰も見ていないところで、寝る間も惜しんで勉強も運動も、順位のつけられるものは人一倍努力した。

　褒めてほしかったからだ。

　俺のことを……見てほしかった。

「認められるために頑張っても、そのたびに求められるハードルも上がって……みんなの理想に追いつけなくなって、怖くなったりして」

「……」

「いつの間にか、失敗も許されない気がして、ミスもできない状態になっちゃって……できて当たり前だって思われるようになって」

「……」

「失敗するのが恥ずかしくて何もできなくなったり、期待に応えることがしんどくなっていったりするよね」

　こいつは俺の人生をすべて見てきたのかと思うほど、花恋の言葉は的確なものだった。

　全部、俺が感じていた焦燥感と不安と、喪失感の原因を言い当てていた。

　花恋が来る前から……俺は幸せじゃなかった。

　どれだけ賞賛されても、感じるのは焦りだけ。もっと頑

張らなきゃいけない。誰にも負けてはいけない。

　常にトップであり続けなければいけない。

　そうでなければ……。

　──俺に、価値なんてないから。

「周りからみたら順風満帆だって思われるから、悩みもわかってもらえなくて。贅沢な悩みなんて言葉で片づけられたりして」

「……」

「そんなことが重なったら、何も言えなくなるよね」

「……」

「助けてなんて、言えないよね」

「……っ」

　どうしてこいつは……。

　どこまでわかっているんだ……俺の気持ちを俺だって言語化できなかったのに。

　俺はきっと、周りの期待に押しつぶされそうになって、自分で自分の首を絞めて、苦しいと叫んでいた。

　自分ひとりではもう……その手の力を緩める方法が、わからなくなっていたから。

　助けて欲しかった。

　周りからしたら、何を助けることがあるんだって思われることだってわかってる。

　でも、俺はもうとっくの前から限界だったんだ。

　周りからの期待に飲まれて、自分自身さえ見失っていた。

　こうなった原因は花恋じゃない。俺は自分を超える脅威

が現れることをつねに恐れていて、それが花恋だっただけ。

　花恋じゃなくても、俺の心は壊れていただろう。

　それは……紛れもなく、自分自身の弱さが原因だ。

「自分よりなんでもできる人を見つけたら、怖くなるよね」

「……」

「でもその人も本当は、必死にできるように見せているだけかもしれないよ」

　花恋はそう言って、にこっと微笑んだ。

「私みたいに」

　……ハッと、あることに気づく。

　俺は努力を認められないことに苛立ちながら、自分も同じことをしていた。

　花恋のことを、「才能」のひと言で片づけようとしていた。

　わずらわしいと思っていた人間と同じことをしていたことに、嫌悪感を覚える。

「……そうか」

　こいつも、俺と同じ。

　俺は……自分のことでいっぱいいっぱいで、何も見ようとしていなかった。

「ねえ陸くん」

　俺を、まっすぐに見つめてくる花恋。

　その瞳が、訴えかけてくる。

「1番じゃないからって、今までの自分を全否定する必要なんてないよ」

「……」

「陸くんが頑張ってきたこと、全部が無駄になるわけじゃ
ないでしょ？」

「……」

「陸くんを認めていないのは、陸くん自身だよ」

　……そうかも、しれない。

　結局、周りの評価ばかり気にして、自分のことを見失っ
ていた。

「もっと自分のこと、大事にして」

　花恋は俺を見たまま、また泣きそうな顔をしている。

「陸くん……いつか壊れちゃいそうで、見ていて怖かった」

　……なんでお前がそんな顔するんだ。

　俺に何をされたのか、こいつは忘れたのか。

　今思えば、許されないような嫌がらせをした。

　そんな相手がどん底まで落ちようとしているんだから、
放っておけばいいのに。

　こいつは今——必死に俺を救おうとしている。

　花恋の手が、そっと伸びてきた。

「陸くんはすごいよ。だから……周りと自分のこと、もう
比べなくていい」

　ぎゅっと、優しく抱きしめられる。

　まるで壊れものを扱うように丁寧に触れてくる花恋。

　こんなふうに大事に扱われたのはいつぶりだろう……い
や、初めてだ。

　人の体温は……こんなにも心地いいのか。

「あっ……ご、ごめんね、急に……」

　花恋が、俺から離れようとした。

　その手が離れていかないように、今度は俺が腕をつかむ。

「……そのまま」

「え？」

「そのままでいて」

　もう少しだけ、この体温を感じていたい。

　お願いだから……離さない、で。

　離れようとしていた花恋の手が、再び俺を抱きしめてくれた。

「……頑張ったね」

　これでもかというほど優しい声色。思わず、視界がにじむ。

「……頑張っても、結果がでないと意味ない」

　２位だったし。きっとみんな失望してる。

　俺を憐れんでるだろうし、もうこっぱずかしくて教室にも入りたくない。

「もちろん結果は大事だけど……自分自身で頑張ったって思えたらそれでいいんだよ」

　花恋はそう言って、優しく俺の頭を撫でてくれる。

　……そうか。

「そう思えるほど、努力できたって結果があるから」

　その言葉に、俺の中のがんじがらめになっていた感情が、ゆっくりと解けていく。

　俺は誰かに──そう言ってもらいたかったんだ、きっと。

　まさか……こいつに言われるとは、思ってなかったけど。

　さっき、俺と花恋は似た者同士なのかもしれないと思っ
たけど、撤回する。

　俺は卑怯者で偽善者だけど、こいつは違う。

　自分を陥れようとした人間をすくいあげようとするなん
て……ただのバカだ。

　本当に……。

　こんなバカは、世界中どこを探したってこいつくらいだ
ろう。

「俺が退学したら、嫌？」

　俺の言葉に、花恋がびくっと震えた。

「もちろん。嫌だよ……」

　本当に惜しんでいるような、弱々しい声。

「……じゃあ、俺のことちゃんと見ててくれる？」

　これからも。俺が努力していることを、お前だけはわかっ
てくれる……？

「う、うん？　もちろん！」

　意味はわかっていなさそうだけど、花恋はこくこくと首
を縦に振った。

「……約束して。そうしたら、俺はこれからも頑張るから」

　俺の言葉に、花恋は抱きしめる腕を解いて俺の顔を見た。

「うん！　約束する」

　その目は期待に満ち溢れていて、あからさまにうれしそ
うな顔に思わず笑ってしまう。

　バカだな……。

　こんな一瞬で、あれだけ嫌っていた人間を"好き"だと

144

思ってしまった自分が。

　こいつが見ててくれるなら……俺のことをわかってくれるなら、もういいかなんて思ってしまった自分が。

　花恋が頑張ったと言ってくれるなら、すべてが報われるような気がしたんだ。

　自分はこんな単純な人間だったのかと呆れる。

　でも……そんな発見すらうれしいと思う俺は、もう完全に花恋にやられていた。

　生まれて初めて人を好きになって、そして初めて……自分のことを好きになった。

## もう一度

「陸くん……」

「ん？」

「あ、あの、そろそろ……」

　さっきから、ずっと同じ体勢のまま。

　陸くんに抱きしめられている状態だった。

　元はといえば勢い余って私のほうから抱きしめてしまったけど、なぜか陸くんのお気に召したみたいで、離れようとしない陸くん。

「もう少しだけ」

　甘えるようにそう言われたら、甘やかしてしまう。

　陸くんが普通に会話してくれるだけでうれしい私にとっては、お願いを無下にするという選択肢はなかった。

　なんだかこうやってみると……かわいいなぁ、ふふっ。

　いつも堂々としていて、頼りになる陸くんを可愛いと思う日が来るとは……。

　わかり合えて、本当によかった……。

　さっき、私なりに陸くんに思っていることを伝えた。

　陸くんはちゃんと私の話を聞いてくれて……わかってくれたと思う。

「ねえ……もう退学するなんて、言わない？」

　まだ少しだけ不安で、改めてそう聞く。

「うん」

　陸くんがすぐに返事をしてくれて、安心した。

　よかった……。

「その代わり、俺のそばにいてね」

　ぎゅっとしがみつくように腕に力を込めた陸くん。

「さっき約束したんだから」

「うん！　もちろん！」

　これからまた友達と一緒にいれると思ったら、ぐっとうれしさがこみあげてきた。

　もう、陸くんとこんなふうに、普通に会話をすることすら……諦めていたから……。

「花恋」

　私の名前を呼んで、ゆっくりと腕を解いた陸くん。

　もういいのかな？

　そっと私から離れたかと思うと、陸くんは突然深く頭を下げた。

「……本当にごめん」

　えっ……。

「り、陸くん……!?」

「花恋に対して、許されないようなことをしてきた。俺の謝罪さえ受けたくないと思うけど、俺は……」

　陸くんの、苦しそうな声が室内に響いていた。

「花恋と……一緒にいたい……」

　陸くん……。

「許さなくていいから……罪滅ぼしじゃないけど、償わせてほしい……」

　頭を下げたまま、声を震わせながら言葉を続ける陸くん。

「なんだってする……本当に……ごめん……」

　陸くんの肩は、声と同じで小刻みに震えていた。

　見ているだけで、私の胸も痛む。

　陸くんが反省してくれていることは、ちゃんと伝わった。

　私はそっと、陸くんの肩に手を添える。

「これからも私の友達でいてくれたらそれでいいよ」

　ゆっくりと顔を上げた陸くんは、今にも泣きそうな顔をしていた。

「退学しないって約束してくれたから、もう十分」

　これからは……優しい陸くんでいてね。

　出会ったばかりの、あの頃みたいな。

「……そうやって、会長も許したの?」

「え?」

「……聖人すぎるでしょ。俺のこと……もっと恨んで」

　気が済まないと言わんばかりに、顔を歪めている陸くん。

「なんでもするから、言って」

　恨んだりなんてしないよ。誰かを恨んだって、何も生まないことを私は知ってる。

　誰かを許すことで初めて、生まれるものがあることも。

「私のお願い聞いてくれるってこと……?」

「うん。こんなことで許されると思ってないけど、俺の気が済まないから。……花恋のためならなんでもする」

　陸くんの目は真剣で、お願いをすれば本当になんでも叶えてくれそうだと思った。

　ふふっ、なら……お言葉に甘えよう。

「それじゃあ、陸くんはもっと自分のこと好きになってあげてね」

　今の陸くんに、一番必要なことを口にした。

「それと、あんまりひとりで溜め込まないで。心配だから」

「……」

「それがお願い」

　優しく、陸くんの頭を撫でた。

　陸くんはされるがまま、じっとしている。

「……救いようのないバカ」

　ぼそっと呟かれた言葉に、笑顔を返した。

　バカでもなんでもいい。

「もう一度……私と友達になってくれる……？」

　陸くんがいてくれたら、私の高校生活はもっともっと楽しくなると思うから。これも、私のエゴ。

　ぐっと、何かを噛みしめるように下唇を噛んだ陸くん。

　ゆっくりと、薄い唇が開いていく。

「うん。友達から始めさせて」

　心の底から、喜びが溢れた。

「ありがとう……！」

「意味わかってないでしょ。……まあいっか」

　意味？

「えっ……」

　陸くんの言葉に首をかしげた時、突然腕をつかまれた。

　引き寄せられたと思ったら、なぜかゆっくりとベッドに

押し倒される。

「もっと早くに……花恋の魅力（みりょく）に気づいていればよかった」

　陸くんは私の上に覆いかぶさって、ゆっくりと顔を近づけてくる。

　え、え……!?

「り、陸くん……!?」

　な、何、この状況っ……！

「俺、頑張るから……本気にさせた責任とってね」

　陸くんの唇が、私の唇に触れそうになっていた。

「ど、どうしたの……!?　ちょ、ちょっと待って……！！」

　陸くん、気を確かに……！

　──ガチャッ!!

「一ノ瀬!!　大丈夫か!?」

　唇が当たる……と思った瞬間、扉が開いて正道くんが入ってきた。

「……っ!?」

　後ろには、響くんと蛍くんの姿も。

「陸……っ」

「お前……何やってんねん!!」

　正道くんも蛍くんも響くんも、私と陸くんを見て目を見開いている。

　響くんは怒りをあらわにしながら、陸くんのことを蹴り飛ばした。

「……いっ、たいな……」

　私の上からどいた陸くんが、床に転がりながら痛みを堪

えている。

　えっ……も、もしかして、何か誤解させた……!?

「一ノ瀬……! 　もう平気だ……! 　叫び声が聞こえたか
ら入ってきたんだが……遅くなってすまない……」

　さっき私が大きな声をあげたから、心配して入ってきて
くれたらしいみんな。

　ただ、誤解していることだけは確かだった。

「おい、いいかげんにしろよ。やっていいことと悪いこと
の区別がつかないのか?」

「お前……ほんまに人間として終わってんで」

　陸くんを睨みつけている蛍くんと響くん。

「ふ、ふたりとも、勘違いだよ!!」

「「え?」」

「私と陸くん、仲直りしたの」

　もしかしたら、取っ組み合いの喧嘩でもしていると思わ
れたのかもしれない……!

「……は?」

　3人とも、ぽかんと口を開いて固まっている。

「そうだ。お前たちには関係ない」

　まだ蹴られたところが痛むのか、顔をしかめながらも私
を抱き寄せてきた陸くん。

「ちょっ……待て待て、なんやねんその腕は」

「おい……離せよ」

　響くんと蛍くんが、ひどく動揺している。

　そうだよね……私と陸くんのわだかまりは大きかった

し、私も陸くんがこうして普通に話してくれていることが、
今でも奇跡（きせき）みたいに思う。

「お前たちだってスキンシップとってるよね。それと変わ
らないけど。俺と花恋は友達だから」

　ぎゅっと、後ろから強く抱きしめられた。

「ね、花恋」

「うん！」

　陸くんに友達って言われると……うれしいなっ……。

「まさ……会長もありがとうございました！　おかげで陸
くんとちゃんと話せました……！」

　まだ驚いたまま固まっている正道くんに、そう言って頭
を下げた。

　こうしてわかりあえたのも、協力してくれた正道くんの
おかげ。

「……待て。おかしい。状況が理解できない」

　え？

　正道くんは頭を押さえたまま、陸くんのほうを見た。

「……陸、お前退学するそうだな」

「しませんけど。俺はこれからも花恋と一緒に学園生活を
謳歌（おうか）するんで」

「……。お前……っ」

　あ、あれ……。

　なんだか、バチバチと火花を散らしあっているふたり。

「いくらなんでも、掌（てのひら）返すんが早すぎやねん！」

　響くんも陸くんを睨みつけていて、室内に険悪な空気が

漂っていた。

「うるさいなぁ響は。これから花恋は俺と行動を共にするから、お前たちは前みたいにサボっときなよ」

「もうサボらんわ！」

「はぁ……心配して損した。お前とっとと退学しろ」

　ぽろっと出た蛍くんの本音が、こんな時だけどじーんと胸に響いた。

　やっぱり、蛍くんも心配してたんだよね。

　こんなふうに……またみんなでわいわいできて、よかった……。

「蛍も来なくていいよ。花恋のことは俺が守るから」

「俺らはお前から花恋を守ってたんや！」

「元凶が何言ってんだか……」

　決して穏やかではないけど、3人が話している姿を見ていると視界が歪んだ。

「……え？　か、花恋!?　なんで泣いてるん!?」

　みんなが私のほうを見て驚いていて、慌てて涙を拭う。

「ごめんなさい……う、うれしくて……」

　こんなことで泣くなんて恥ずかしいけど、本当に安心した……。

「みんながまた仲良くなって……よかった……」

　うれしいのに、涙が止まらないなんておかしい。

「ほんま……花恋に泣かれたら困るわ」

　響くんも、私を見て笑っている。

「花恋泣かないで。これからは俺が幸せにするから」

「こいつ……」

　ふふっ……そうだよね、泣いちゃダメだよね。

　こんなにうれしいんだから。

「つーか、花恋なんか勘違いしてるけど、俺らと陸はずっと仲悪いんやで？」

　え？

「そうだ。仲がいい時なんか一瞬もなかった」

「確かに。俺たちは上っ面だけの関係っていうか、ただ同じクラスってだけだよ」

「そ……そうなの……？」

　私……てっきり、なんだかんだ言いながら3人はすごく仲が良かったんだと思ってた……。

「それじゃあ……みんなで仲良くできないの……？」

　4人で楽しく過ごせると思っていたから、止まっていたはずの涙がじわりと溢れ出す。

「い、いやいや！　泣かんといて……！」

「そうだよ。花恋が仲良くしたいっていうなら、上辺だけでもするから」

「お前上辺だけとか余計なこと言うな。また泣くだろ」

　何はともあれ、私たちの間に友情が生まれたことだけは確かだった。

「また余計な敵が現れた……くそっ……」

　喜んでいる私の、後ろで、正道くんが歯ぎしりしていることには気づかなかった。

## 陸、参戦！

　次の日。いつものように登校してから、朝の生徒会室に向かう。

　扉を開けて、いつも通り挨拶をした。

「おはようございます」

　いつも通り……。

「おはよう、花恋」

　……ではないのは、陸くんが真っ先に笑顔で歩み寄ってきてくれたこと。

「陸くん……おはよう！」

　久しぶりに、学校で会う陸くん。

　今日は髪型も服装も、身だしなみはバッチリで、表情も明るく見えた。

　その姿に、自然と頬が緩む。

「うれしそうだね」

　陸くんが不思議そうに聞いてきて、笑顔を返した。

　だって……。

「陸くんと友達に戻れて、幸せだなって改めて思ったの」

　そう言えば、陸くんはなぜか目を大きく見開いた。

「可愛い」

「え？」

　今なんて言った？

　ぼそっと呟かれた言葉を聞き取れなくて首をかしげる

と、陸くんはそんな私を見てふっと微笑んだ。

　細い指が伸びてきて、私の髪を触る。

「俺、好きな子にはとことん構いたいタイプみたい」

「……？　そうなんだね」

「意味わかってなさそうだけど。これから思い知らせてあげるからいっか」

　そう言って、満足げに笑う陸くん。

　こうして間近で陸くんの笑顔を見るのも、久しぶりだ。

　陸くんはいつだって綺麗だけど、笑顔はもっと輝いているなぁ。

　なんていうか……ザ・王子様って感じだ。

　ひとりそんなことを思っていたけど、私は生徒会室に流れている異様な空気に気づいた。

　みんなが私たちを見て、唖然としている。

　あ……そっか。

　陸くんが私を嫌っていたことは……役員のみんなが知っていることだから、私たちが話している状況にみんな驚いていた。

　む、無理もないよね……。

「……おい、朝から騒がしいぞ」

　奥から、正道くんが現れた。

「会長、おはようございます」

「あ、ああ！　おはよう一ノ瀬！」

　ぱあっと顔を明るくした正道くんは、なんだか大型犬のワンちゃんみたいで可愛い。

　いや、正道くんは細身だし、大型犬って感じではないの
かな……でも身長は高いし……。そんなどうでもいいこと
を考えていると、陸くんに肩を抱かれる。
「花恋、会長なんて放っておけばいいよ」
　えっ……。
「お前……人格が変わってるぞ」
　正道くんが、陸くんを睨みつけている。
　た、確かに……。
　陸くんは役員さんの中でもとくに正道くんに従順だった
し、そんな陸くんが正道くんをぞんざいに扱うようなセリ
フを吐いたことに周りの人たちも驚愕している。
「いいんです。幸せだから」
　えっと……。
　正道くんは怒っているけど……陸くんが楽しそうだか
ら、いいのかな?
「言っとくけど、俺は誰にも負けませんから」
　宣戦布告するように、正道くんにそう言った陸くん。
　もしかすると……成績のことかもしれない。
　正道くんは生徒会長の座を狙っているって言ってたし、
改めて宣言したのかも。
　勝ち負けにはこだわらなくていいと個人的には思うけ
ど、今の陸くんはしがらみに囚われているような感じもし
ないし……目標があることはいいことなのかな。
「花恋も応援してくれる?」
「うん、もちろん」

「……ふふっ、相変わらずわかってなさそう」

　にっこりと、清々しいほどの笑顔を浮かべている陸くん。

「おい、これはどういう状況だ？」

　今度はまこ先輩が歩み寄ってきて、陸くんと私を交互に見た。

「あー、花恋、この人はやめておいたほうがいいよ。得体が知れないし、いろいろうるさいから」

　り、陸くん、失礼だよっ……。

「花恋、説明しろ」

　陸くんの言葉に顔をしかめながら、私に聞いてくるまこ先輩。

　説明って……私と陸くんのことだよね。

「はい、陸くんと仲良くなったんです」

「仲良くなったってレベルじゃないだろう……！　もうどうなってるんだ……」

　まこ先輩はそう言って、頭を抱えた。

　……ん？

「あ、そうだ。花恋お腹空いてない？」

　唐突にそう聞かれて、陸くんの顔を見る。

「え……う、うん」

「パンケーキ買ってきたんだ。あとでふたりで食べよう」

　パンケーキ……！

　大好きな単語に、私は目を輝かせた。

「食べたい……！」

「よかった。生徒会寮の中に、俺の家が経営に携わってる

カフェがあるんだけど、どれも絶品なんだよ。これからも
いろいろ持ってくるから、一緒に食べようね」
「いいの……!?」
「もちろん。花恋が喜ぶならなんだって用意するから」
　そう言って微笑む陸くんが、神様に見えた。
「こいつ……餌付けとは卑怯なやつだな……」
「これならまだ前の陰湿な京条のほうがマシだ……」
　正道くんとまこ先輩のふたりが、後ろで何やらぶつぶつ
言っている。
　今の私はパンケーキのことで頭がいっぱいで、なんの会
話も耳に入っていなかった。
「僕の花恋なのに……」
　もちろん、生徒会室の奥にいた、絹世くんのそんな独り
言も──。

## 1年Aクラス

「花恋、一緒に教室戻ろう」

　朝の生徒会が終わり、陸くんが声をかけてくれた。

「うん！」

　ふふっ、いつもはひとりで教室まで帰っていたから、一緒に戻れるのがうれしいな……。

「ちっ……クラスメイトの特権をここぞとばかりに使いやがって……」

　まこ先輩が、不機嫌そうに顔をしかめていた。

「それじゃあ、お疲れ様です先輩方」

　生徒会室を出る時、みんなを見ながらにっこりと微笑んだ陸くん。

「……伊波、あいつを消せ」

「正道様、落ち着いてください……」

　伊波さんが正道くんをなだめている中、奥で、絹世くんがこっちを見ている姿が目に入った。

「バイバイ絹世くん」

「う……うん、バイバイ」

　控えめに手を振り返してくれるけど、様子がおかしい。

　今日の絹世くんはずっと静かで、元気がなかった。

　どうしたんだろう……もしかして、風邪かな？

　今日はあまり話しかけてくれることもなくて、少しだけ寂しさを感じた。

「ねえ花恋、手繋いでもいい？」

　廊下を歩いている時、陸くんがそんなことを聞いてくる。

「え……？　そ、それはダメだよ」

「どうして？」

「他の人たちもいるし……」

　というか、手を繋ぐって……ど、どうして？

　たまに絹世くんと手を繋ぐことはあるけど、絹世くんは弟みたいな感じだ。

　陸くんは同級生だけど大人びていて、男の人って感じだし、手を繋ぐのは恥ずかしい。

　それに、恋人でもないから……手を繋ぐ必要性を感じなかった。

「それは、長王院天聖の恋人だから？」

「え？」

　どこか悲しげな表情で、じっと私を見る陸くん。

　天聖さんの、恋人……？

　あっ……そ、そっか……！

「う、うん……！」

　意味に気づいて、大きく首を縦に振った。

　LOSTのみんなとまこ先輩と正道くん以外の人は、私と天聖さんが付き合っていると思っている。

　だから、ここは話を合わせなきゃ……。

　毎回この話になると、嘘をつかなきゃいけないから心苦しいけど……天聖さんが私のために、ついてくれた嘘だ。

　陸くんは一瞬、何を考えているかわからない表情をした

後……すぐにいつもの笑顔に戻った。

「……ま、もう少し花恋のペースに合わせるよ。嫌がられたくないしね」

　私のペース？

　気遣ってくれていることだけはわかったから、笑顔を返した。

　それにしても……。

　いつも以上に、視線が痛い。

「見て、陸様がいるよ……」

「え？　退学したんじゃなかったの？」

「それに、一ノ瀬さんと一緒にいる……」

「一ノ瀬さんの名前は口にしたらダメだって……！」

　こそこそと、通りすぎる人たちから何か言われている気がする。

　みんながチラチラと私たちを見ていて……私は平気だけど、陸くんが心配だった。

　そんなことを考えているうちに、教室の近くまできた。

　陸くん……大丈夫かな……。

　思わず、足を止めてしまった。

「花恋？　どうしたの？　急に立ち止まって」

　心配そうに、私の顔を覗き込んでくる陸くん。

　陸くんは昨日まで、周りの期待に押しつぶされそうになっていた。

　今教室に入ったら、クラスメイトたちの視線を一身に集めることになるだろう。

　陸くんが……苦しむのは嫌だ……。

「……あ、もしかして俺のこと心配してくれてる？」

　図星を突かれ、びくっと肩が跳ねる。陸くんはそんな私を見て、ふっと笑った。

「平気だよ。俺ね、もう誰に何を思われたってどうでもいいんだ」

　え……？

「ほんとに？」

　傷ついたりしない……？

「うん。俺自身が自分のことを認められたから、他人の評価なんて気にしないよ」

　その言葉に、安心した。

　そっか……。

　陸くんは、強い人だ。

　改めて、陸くんへの尊敬の気持ちが強くなった。

「それに……花恋が認めてくれたから、もう平気」

「え？」

「ううん。行こ」

　笑顔でそう言われ、私も同じものを返す。

　ふたりで一緒に、教室に入った。

　想像通りというか、クラスメイトたちの視線が私たちに集まる。

　たち、というか……主に陸くんに。

「え、陸さん……？」

「陸様と一ノ瀬さん、どうして一緒に……」

「陸様って、退学するんじゃなかったの……？」

　心配で陸くんのほうを見る。陸くんは、少しも気にして
いない様子で、堂々としていた。

　……うん、大丈夫。

　陸くんが気にしていないなら、私が心配する必要はない。

　私も……堂々としていよう。

　ふたりで席に着いた時、響くんと蛍くんも教室に入って
きた。

「花恋おはよう……って、お前もおったんか」

　陸くんを見て、嫌そうに顔を歪めた響くん。

「響、おはよう。来なくてよかったのに」

「笑顔で毒吐くな……ほんま、お前の腹の中はどす黒いん
やろうな」

「ふふっ、響は何も考えてなさそうだもんね」

「しばくぞ……!!」

　え、えっと……止めた方がいいのかな……あはは……。

「こいつに何もされてないか？」

　蛍くんが心配そうに聞いてきて、首をかしげる。

　何もって……？

「俺が大事な花恋に、ひどいことするわけないでしょ」

「……どの口が言ってるんだ……」

　蛍くんは、ドン引きした表情で陸くんを見ている。

「ほんまやで……子どもみたいな嫌がらせしとったやつ
が……」

「過去のことを引き合いに出さないでくれる？　今の俺は

花恋を大切に思ってるよ。お前たちからもちゃんと守るつ
もりだから」

「……こいつ1周回ってやばいぞ蛍」

「もともとイカれた男だろこいつは」

　響くんまで顔を真っ青にしていて、その空気に思わず苦
笑いした。

「ていうか、お前わかってるよね？」

　突然、真剣な顔で陸くんに問いかけた蛍くん。

「何が？」

「花恋、長王院さんと付き合ってるんだぞ」

　ん……？

　どうしてそんなことを聞くんだろう？

　私と天聖さんが付き合っているとして……何か関係ある
のかな？

　まず、私たちが交際しているというのも嘘だけど。

　もちろん、響くんと蛍くんは私と天聖さんが本当は付き
合っていないことを知っている。

　だからこそ、蛍くんの質問には疑問しか浮かばなかった。

「知ってるけど」

　いつもの爽やかな笑顔で答えた陸くん。

「……知ってて略奪しようとしてるのか？」

「俺、今怖いものないんだ」

　そう言って、陸くんは私のほうを見た。

「花恋がいれば、何も怖くないから」

　陸くんの笑顔が……今まで見た中で一番、幸せそうな笑

顔に見えた。

　えっと……こ、これは喜んでいいのかな？

　そんなふうに言ってくれるのはうれしいけど、私はなんの戦力にもならないから、期待に応えられるかどうか……。

　も、もちろん、私だって陸くんのことは守りたいと思っているけど……！

「こいつ……ほんまにどうにかせなあかんな……」

　はぁぁ……と、盛大にため息をついた響くん。

　その時、校内放送の音が鳴り響いた。

『１年Ａ組京条陸さん、校内にいれば職員室まで来てください。繰り返します──』

　あれ、陸くん？

「あー……めんどくさい。多分退学届の件かな」

「え……！」

　まだ取り下げてはいなかったのかな……？

　陸くんは退学しないって言ってくれたけど、少しだけ心配でじっと見つめる。

「ちょっと行ってくるよ。そんな不安そうな顔しないで、大丈夫だから」

　うん……大丈夫だよね。

　安心して、笑顔で頷いた。

　陸くんが教室を出て行って、３人になる。

　響くんと蛍くんは、なんだかげっそりしていた。

「なんやねんあのあっまい顔……吐き気するわ……」

「気色悪い……」

　ふたりは気持ち悪そうに口を押さえていて、はははと乾いた笑みがこぼれる。

　でも、陸くんが甘いのはわかる。

　声とかもそうだけど……顔立ちも端正で、王子様オーラが出ているというか……。

　あの甘い顔で微笑まれたら、どんな女の子でも恋に落ちてしまいそう。

「よくわからないけど、なんか陸様変わったね……」

「うん、今のほうが好きかも……」

　女の子たちが、ひそひそと話しているのが聞こえた。

「なあ、あのさ」

　響くんが、何か言いたげな様子で顔を近づけてくる。

「陸にはあのことバレたん？」

　周りの人に聞こえないように、こそっと耳打ちしてきた。

　あのことって……多分、私が元アイドルのカレンだってことだよね……？

「ううん！　バレてないよ……！」

　私の返事に、安心している響くん。

　蛍くんも、ほっと息を吐いていた。

「でも……ならどうやってあいつのこと手なづけたん……？」

「え？　手なづけてなんかないよ」

「いやいや……鈍感にもほどがあるわ……」

　呆れた様子で、盛大にため息をついた響くん。

「……まあ、花恋にほだされるのはわからんでもないけどな……」

　　ん……？

「究極のお人好しだからな」

　　蛍くんまで……。

　　最近、みんなよくわからない話をするなぁ……。

　　もしかして、私の理解力がない……？

　　そうだとしたら、ショック……。

「で、でも……もうこれ以上ライバルはごめんやで」

「ライバル？」

　　またしても、意味がわからない発言をした響くん。

「……ま、頑張るわ……」

　　私は何もわかっていないのに、自己完結したのかそう
言って再びため息をついていた。

「……俺も負けてられへん」

「お前はもとから負けてるだろ」

「お前には勝ってるわ」

「は？」

　　なんの勝ち負け……？

　　さっきから私だけ会話についていけていなくて、少しだ
け寂しさを感じた。

「お待たせ」

　　あっ……陸くん！

「おかえり！　早かったね」

「うん。退学届取り下げてもらっただけだしね。放課後ま
た話にいかなきゃいけないみたいだけど」

　　そっか……よかった。

「取り下げる必要ないだろ」

「花恋……蛍がいじめる……」

「お前、卑怯やぞさすがに」

　口々に言い争っている3人。

　賑やかなその姿を見ていると、自然と笑顔が溢れていた。

「……ふふっ」

「花恋？　なんで笑ってるん？」

「楽しいなって思って」

　少し前までの私なら、想像もできなかった。

　こんなふうに……4人で笑い合える日がくるなんて。

　こんな賑やかな日々が、ずっと続けばいいな。

　改めて、そう思った。

# 王子様は容赦ない

「腹減った……」

　お昼休みになると同時に、ぐぅ……っと響くんのお腹の音が鳴り響いた。

　私も、お腹すいた……！

　今日は何を食べようかなと考えるだけで、幸せな気持ちになれる。

　いつも通り、響くんと蛍くんと溜まり場へ……。

「花恋、お昼は俺と食べようよ」

　と思ったけど、陸くんに声をかけられた。

「あ……ごめんね、いつもLOSTのみんなと食べてるの」

　せっかく誘ってもらったのに、断るのは申し訳ないけど……。

「そっか……なら仕方ない。俺は一緒に食べる友達とかいないから……ひとりで食べるよ」

　そう言って、困ったように笑う陸くん。

「え……」

　ひとり……？

　陸くん、いつもひとりで食べてるの……？

　一緒に食べる友達がいないなんて……そんなの、さみしいよね……。

　どうしよう……今日は陸くんと一緒に食べようかな……。

　だって、お昼ご飯はみんなで食べたほうが絶対に美味し

いし……かと言って、LOSTの溜まり場に陸くんを連れて
行くことはできないだろうから……。
「こいつ、いいかげん鬱陶しいって……花恋、嘘やから放っ
といていいで」
「……響、やれ」
　え？　う、嘘？
　陸くんを見ると、まるでいたずらが失敗したかのように
舌打ちしていた。
「……ま、お昼はLOSTのやつらに譲るよ。……今までの
こともあるしね」
「お、えらいものわかりいいやん」
「紳士な男は、好きな子を困らせたりしないんだよ響」
「なんかお前に言われたらめっちゃ腹たつわ……」
　不満そうにしている響くん。私は陸くんを見て、口を開
いた。
「ひとりで食べるの？」
「いや、適当に生徒会室で食べるから気にしないで」
　生徒会室なら、人もいるし安心だ。
　最近は、生徒会室に流れている空気も和やかだから。
　最初はトゲトゲしかった役員さんも、今ではみんな丸く
なって、たまに雑談をしたりもする。
　陸くんはいろんな役員さんと仲が良いだろうし……ひと
まず、陸くんがひとりになる心配がなくなってほっとする。
「でも、お昼の時間は我慢するけど……」
　陸くんはそう言いかけて、私の腕を掴んできた。

　ぐいっと引き寄せられ……頬に、柔らかい感触が走った。
「その代わり、放課後は一緒にいようね」
　……え？
　い、今……き、キスされた……!?
　驚いて、頬を押さえながら陸くんを見る。
　陸くんは、今度はいたずらが成功した子供みたいにうれしそうに微笑んでいた。
「おまっ……」
　響くんが、私の腕を掴んで自分のほうへと引っ張った。陸くんから隠すみたいに、私の前に立つ。
「何してんだよ……！」
　珍しく蛍くんも怒っていて、ふたりに睨みつけられている陸くんはというと、対照的な笑顔を浮かべている。
「ふふっ、赤くなって可愛い」
　響くんの背中から顔を出している私を見て、そんなことを言っている陸くんにますます顔が熱くなる。
　り、陸くんって、こんなキャラだったっけっ……？
　というか、どうしてほっぺにキスなんて……。
　もしかして、陸くんも帰国子女……？
「今はこのくらいにするよ。それじゃあ、また後でね花恋」
　陸くんは、笑顔を残して先に教室を出て行った。
「あ、あいつ……」
「花恋、あいつには注意しろよ」
　まだ怖い顔をしている響くんと蛍くんの言葉に、とりあえずこくりと頷く。

　突然でびっくりしたけど……あ、挨拶だろうから、気に
しないでおこう。


　私たちも教室を出て、LOSTの溜まり場に向かった。
「ん～！　美味しい……！」
　今日は、大好きなオムライス。大盛りにして、スープと
サラダもつけてもらった。
　食べている時はほんとにとっても幸せっ……。
　ずっと食べていたいけど、今日はデザートにプリンもあ
るから早く食べなきゃ！
「花恋、しょっちゅうプリン食べてるよな」
　隣に座っている充希さんが、私のプリンをじーっと見て
いる。
「はい！　デザートの中で一番好きです！」
「ふーん。俺にもひとくちくれ」
「いいですよ」
　ひとくち分けようとした時、天聖さんに手を掴まれた。
「花恋、ダメだ」
　え……？
「そ、そうだぞ、間接キスになるってこの前も言われただ
ろ……」
「あっ……」
　蛍くんの言葉に、この前も仁さんに注意されたことを思
い出した。
　そ、そういえば、そんなこと言われた気が……。

「おい、余計なこと言うな」

「す、すみません……」

　なぜか蛍くんを睨みつけている充希さん。素直に謝っている蛍くんが、不憫に見えた。

「花恋はちょっと隙ありすぎやで……！ さっきも陸にキスされとったし……」

　ぼそっと、響くんが呟いた。

　なぜか、しーんと室内が静まり返る。

「……キス？」

　静寂を破ったのは、仁さんの声だった。

「あ……」

　しまったと言わんばかりに、口を押さえた響くん。

「……あ゛？」

　充希さんが、これでもかというほど眉間にしわを寄せている。

「お前性格悪いな。わざとチクっただろ」

　蛍くんはなぜか、笑いをこらえている。

「違うわ……！　あの、ち、違うんっす！　ほっぺっす……！」

「どこでもアウトだろ。その陸って男誰だよ」

　慌てて訂正している響くんを、充希さんが睨みつけていた。

「京条陸か？　確か花恋がくるまで１年でトップだった男だろう」

　あ……大河さんは陸くんのこと、知ってるんだ。

　やっぱり、陸くんはもともと校内で有名な人なんだなと

改めて思った。

「ていうか、お前だってキスしてたでしょ充希……」

　仁さんはそう言いながら、苦笑いしている。

「おい、天聖の顔がやばいぞ」

　え……？　天聖さん？　大河さんの発言を聞いて天聖さんのほうを見ると、怖い顔が視界に映った。

　眉をひそめ、ぎりっと歯を食いしばった音が聞こえる。私を見て、口を開いた天聖さん。

「無理矢理されたのか？」

「え……む、無理矢理というか、彼にとっては挨拶みたいな感じで……」

　多分、深い意味はなかったと思う。

「同じクラスのやつか？」

「はい」

「……後で俺も行く」

　え？　教室までってことかな……？

「いやいや、落ち着いて天聖。何するつもり？」

　理由がわからず首をかしげると、奥にいた仁さんが何やら焦り気味にそう聞いた。

「消す」

　け、消す……!?

　陸くんを……!?

「本気の目だなこれは」

「俺も行く。ボコボコにしてやる」

　大河さんが呆れていて、充希さんはなぜか同調している。

　もしかして、ほっぺにキスしたから……？

「ち、違うんです……！　ほんとに挨拶くらいのもので……！」

　陸くんも、別に嫌がらせをしようと思ってしたわけではないはずだ。

「花恋は俺のものだってわからせてやる」

「……どいつもこいつも邪魔だな」

　私の言葉が聞こえていないのか、ぶつぶつと呟いている充希さんと天聖さん。

　困っていると、なぜか今度は充希さんが私に顔を近づけてきた。

「……み、充希さん？」

「ん？」

「あの、顔が近い気が……」

　一体どうしたんだろう……？

「消毒しようと思って」

　さらりと、そう言った充希さん。

　消毒？　なんの……？

　不思議に思った時、至近距離にあった充希さんの顔が突然離れていった。

　正確に言えば、天聖さんに蹴られて充希さんが吹き飛ばされた。

「……お前も消されたいのか」

　さっき以上に怖い顔をしている天聖さん。私はひとり、状況がわからずあたふたしていた。

「……っ、お前、本気で蹴りやがったな……」

　相当痛かったのか、床に倒れたままお腹を押さえている充希さん。

「花恋、教室行くぞ」

「え？」

　充希さんを無視し、すっと立ち上がった天聖さん。

「あーあ……その陸って子、終わったね」

　まだ陸くんの話題が続いていたと思わず、「へっ？」と変な声が漏れた。

　も、もしかして、さっき消すっていったの……本気……？

「天聖、暴行事件は起こすなよ」

　大河さんがさらりと、物騒な発言をする。

「隠蔽すりゃいいだろ」

　隠蔽って……!?

　と、止めなきゃ……！

「ま、待ってください天聖さん……！」

　陸くんのところへ行こうとする天聖さんを、必死の説得の末、私はなんとかなだめることに成功した。

# 捕(つか)まりました

　その日の放課後。

　私はひとり、生徒会室に向かっていた。

　本当は陸くんと一緒に行こうと思ったけど、陸くんは今朝の話の続きで職員室に呼び出されていたから、先に行くことにした。

　そして……事件は起きた。


　もうすぐ生徒会室に着くという時、ポケットのスマホが震えた。

　あれ……誰からだろう。

　すぐに画面を開くと、送り主は「絹世くん」と表示されていた。

　何かあったのかなと思い、急いでメッセージを読む。

【花恋、急にごめんね】

【体調が悪くて早退したんだけど、すごくしんどいんだ】

　え……？　早退？

　そういえば……。今朝の、元気がなかった絹世くんを思い出した。

　やっぱり体調が悪かったんだ……！　それに、すごくしんどいって……大丈夫かな？

　続けざまにメッセージが届いて、視線を走らせる。

【今すぐ寮まで来てもらえないかな？】

　助けを求めるくらい、重症なのかもしれない。

　私は確認しようと、すぐに連絡を入れた。

　ワンコールもせずに、繋がった電話。

「もしもし絹世くん？　大丈夫？」

『花恋……もう僕、ダメかもしれない……』

　スマホ越しに聞こえたのは、絹世くんの弱々しい声。

　今にも消えそうな声色に、心配でたまらなくなる。

「救急車呼ぶよ！」

『そ、それはダメ……！　僕、救急車は無理だから……！』

　救急車が無理……？

『花恋が来てくれたら少しはマシになると思う……』

　体調が悪いことは確かだろうから、とにかく行ってみよう……！

「わかった！　今から行くね！　部屋番号教えてもらってもいい？」

『うん……ありがとう』

　私は絹世くんから寮の部屋の番号を聞いて、急いで生徒会寮に向かった。

　緊急事態だったから……他の役員さんたちに、遅れるという連絡を入れるのも忘れてしまったんだ。


　迷ったけれど、必死に記憶を巡らせてなんとか生徒会寮に辿りついた。

　オートロックを開けてもらって、絹世くんの部屋を探す。

　えっと……405号室……あ、あった！

　　──ピンポーン。

　　インターホンを押すと、すぐにガチャリと扉が開いた。

　　扉の奥から、現れた絹世くん。

「絹世くん……！」

「来てくれてありがとう……どうぞ入って」

　　あれ……？

　　思いのほか元気そうな絹世くんに、少しだけ拍子抜けし
てしまった。

　　心配していたから、そこまで体調が悪いわけではなさそ
うで安心したけど……なんというか、今の絹世くんが病人
には見えない。

　　不思議に思いながら、部屋の中に入った。

　　途端、中から扉の鍵と、チェーンをかけた絹世くん。

　　……あれ？

　　絹世くんが持ってるのって……。

　　どうみても、物騒なものを手にしている絹世くん。

　　それは……いわゆる、手錠と呼ばれるものだった。

　　──ガチャリ。

「え？」

　　私の腕にはめられた手錠。

　　私はわけがわからず、絹世くんを見た。

　　視界に映った絹世くんは……。

「これで花恋は、僕のもの」

　　にっこりと効果音がつきそうなくらい、うれしそうに
笑った。

……え、えーと……。

一ノ瀬花恋、15歳。どうやら私……捕まったみたいです。

## 前髪の奥

「これで花恋は、僕のもの」

　そう言って、にっこりと微笑む絹世くん。

　ええっと……。

「絹世くん？　こ、これは……」

　つけられた手錠を見て、あははと苦笑いを浮かべる。

「花恋は、これからずーっと僕と一緒にいるんだ」

　これからずっとって……。

「ごめんね、ちょっと状況がわからなくて……」

　絹世くんとは友達だし、生徒会の仲間だし、これからも仲良くしてほしいと思ってる。

　でも……そういうことじゃないよね。

　手錠をつけるなんて、普通はしないし……。

「この部屋で、ずっと一緒に暮らすんだよ！」

　うれしそうに、そう言って笑った絹世くん。

　いつもの可愛い微笑みを浮かべているけど、言っていることは全然可愛くない。

「あ、でもここにずっといたらバレちゃうから、週末に引っ越しししようね！　別荘を用意してもらうから、そこに引っ越そう！」

　だめだ……あ、頭が混乱してきたっ……。

「ふたりで死ぬまで一緒だよっ」

　これってもしかして……監禁っていうやつなのかな？

182

「そ、それは無理だよ」

　私の言葉に、絹世くんは悲しそうに肩を落とした。

「……うん。僕と一緒なんて、嫌だよね……」

　どうやら自分自身のことを拒否されたと思ったらしく、落ち込んでいる。

「そうじゃなくて……」

　絹世くんと一緒が嫌とか、そういうわけじゃないんだよ……！

　ただ……こんなことは間違っているっていうか……。

　まず、どうしてこんなことになったんだろう？

「花恋が嫌がると思ったから、無理やりこうするしかなかったんだ……」

　そう言って、うつむいたまま話を始めた絹世くん。

「僕ね、アイドルのカレンが大好きなの。……知ってるだろうけど」

「う、うん」

「今までずっと、カレンを心の支えにして生きてきた」

　……うん。

　羽白絹世さんからのファンレターにはいつも、君が心の支えですと書かれていた。

　何十枚も綴られた手紙は全部読んでいたから、絹世くんがとても好いてくれていたことは十分わかっている。

　でも……絹世くんは私がカレンだってことは知らないし、どうして今カレンの話をするんだろう？

　不思議に思いながら、絹世くんの話にじっと耳を傾ける。

「カレンだけが大好きだったのに……最近は、花恋のこと
ばっかり考えちゃうんだ」

　え……？

「それにね……いつの間にか、花恋のことを考えてる時間
のほうが多くなって……」

　絹世くんはそう言って、下唇をぎゅっと噛みしめた。

「花恋が他のやつと楽しそうにしていると、モヤモヤする。
最近は……僕以外の人と話してるのを見るだけで、すごく
胸が痛いんだ」

　そう話す声は本当に苦しそうで、今にも泣き出してしま
いそうに聞こえる。

「京条くんまで花恋になついてるし……このままじゃ、花
恋が取られちゃうって思って……だから、奪われる前に僕
が捕まえたんだよ」

　えっと……わかったような……わからないような……ど、
どうして捕まえるなんて極端な手段に出たんだろうっ……。

「みんなも絹世くんも、大事な友達だよ？」

　絹世くんは、お姉ちゃんをとられたみたいな気分になっ
ているのかもしれない。

「……みんなと一緒じゃ嫌なんだ……」

「でも、こんなことしなくても……」

「こうしなきゃ、花恋 "も" いつかいなくなっちゃう」

　花恋 "も" ？

「花恋は……僕のことを知ったら、きっと離れていくから」

「え？」

「僕は嫌われている人間だから。花恋の周りには、正道く
んとか、武蔵くんとか、長王院さんとか……魅力的な人ばっ
かりで……」

　絹世くんの頬に、ひと筋の涙が流れていた。

「僕なんて……いつか愛想つかされちゃう……」

　絹世くん……。

「だから、花恋が離れていかないようにこうするんだ」

　もしかすると……絹世くんには、辛い過去があるのかも
しれない。

　私の知らない、絹世くんがいるのかもしれない。

　その不安が爆発して、こんな行動に出てしまったのか
な……？

　監禁されたような状況とわかってはいても、不思議と恐
怖心はなかった。

　それは、相手が絹世くんだからだと思う。絹世くんが私
に危害を加えるような人じゃないってわかっているから、
少しも怖くはない。

　ただ……不安でいっぱいになっている絹世くんの姿に、
胸が痛んだ。

「離れてなんていかないよ」

　私は絹世くんのこと、なんにもわかっていなかったのか
もしれない。

　いつも元気で、たくさん話してくれるから……抱えてい
るものがあったなんて、気づかなかった。

「僕は醜いんだよ」

　両手で顔を押さえながら、肩を震わせている絹世くん。

「みんなに……嫌われて生きてきた」

「……」

「だから、花恋も離れていくよきっと。……それが嫌なんだ……」

　怯えている絹世くんを、今すぐに抱きしめてあげたくなった。

「僕は……正道くんにも武蔵くんにも……長王院さんにも……何も勝てるところがない……」

　……そんなことないのに。

　絹世くんには絹世くんだけの良さがあるし、私は絹世くんにたくさん元気をもらってきた。

　それに……絹世くんのファンレターはいつだって、アイドルのカレンとしての私にも、勇気をくれていたよ。

「他の人たちのことはわからないけど、私は絹世くんが好きだよ」

　どれだけ友達が増えても、絹世くんから離れたりしない。

「嫌ったりしないよ」

「嘘だ……」

「それじゃあ、教えて」

　私はそっと絹世くんに近づいて、視線を合わせるように顔を覗き込んだ。

「絹世くんが嫌いな絹世くんのこと、私に教えてよ」

「……」

「それでも私は嫌いにならないって、証明してあげる」

　私の言葉に、絹世くんはゆっくりと顔を上げた。
「そんなの、無理だよ……」
　そう言って、自分の前髪をかきあげた絹世くん。
「え……」
　私は視界に映った……初めて見る絹世くんの顔に、息を飲んだ。
　目の周りを覆う、痛々しい傷跡。
　多分、強く殴られてできた痕だと思う。
　絹世くんはすぐにまた前髪を下ろして、私に背を向けた。
「ほら……き、気持ち悪いって、思ったでしょ」
　これを隠すために……前髪を下ろしていたんだ。
　……っ。
「もう一度見せて」
「え……？」
　振り返った絹世くんは、私の反応が想定外だったのか、驚いている。
　絹世くんが固まったまま動かないから、私は嫌がられるかもしれないと思いながらも、そっと手錠が付いている両手で前髪を上げる。
　その傷跡を見て、泣きたくなった。
「痛い……？」
「……ううん。古傷だし、もう痛みはないよ」
　絹世くんの大きな目が、不安そうに私を見ている。
「そっか……」
　誰に、つけられたんだろう。

　こんなことをするなんて……傷をつけた相手に、怒りが
こみあげた。
「もしかして、この傷のせいで私に嫌われると思った？」
「……」
　絹世くんが人と関わるのを嫌がっているのも、目立つの
が嫌いなのも……この傷のせいだと思うと、やるせない気
持ちになる。
「そんなわけないのに」
　私は不安そうに視線をさげた絹世くんを、そっと抱きし
めた。

☆
☆
☆
☆

19th STAR
# 独占欲

# 投げ捨てたプライド

【side 正道】

　今日は……カレンは遅いな……。

　もう生徒会の集合時刻は過ぎているのに、姿が見えない。

　カレンは遅刻をしたりするタイプではないし……まさか、迷子になっているとか……。

「正道様」

　心配していた時、伊波が声をかけてきた。

「なんだ？」

「今日、花恋さんが生徒会を休むそうです。先ほど連絡がありました」

「なっ……」

　カレンが欠席と知り、がっくりと肩を落とした。

　そしてそれ以上に、連絡が伊波に行ったことがショックだった。

「そ、そうか……わかった」

　俺に連絡をしてほしかった……くっ……。

　いや、カレンと最初に親しくなったのは伊波だろうし、伊波を頼って当然か……もっと信頼関係をきずかなければいけない……！

　はぁ……それにしても、今日はもう会えないのか……。

　カレンに会えないと思うだけで、仕事の効率が下がりそうだ。

「絹世さんも早退されたので、今日は少数で片づけないと
いけませんね」

「ああ」

　午前中、絹世も体調が悪いと早退した。

　今日の生徒会は人手不足だが、カレンの分はもちろん僕
が片づける。

　カレンの負担を増やすわけにはいかないからな！

　絹世の分は知らん。休んでた分は後で本人に押し付けて
やる。

　カレンがいないため、モチベーションが下がった中仕事
をこなしていると、陸が現れた。

「遅れてすみません」

　こいつからは遅れると事前に連絡が来ていた。いつもな
ら丁寧な文章で報告してくるが、今日は【呼び出されてる
ので遅れます】の一文だけだった。

　どうやらカレンと何かあって、人格が変わったらしい。

　気に入らない……。

　まさかあの陸が、カレンを好きになるとは思わなかった。

　アイドルのカレンだとバレたわけではなさそうだし、
まったく……カレンのひとたらし能力はすさまじい……。

　もちろんけなしているわけではなく、その虜《とりこ》になってい
るひとりの男として、惹かれる気持ちは十二分にわかって
いる。

　ただ……ライバルが増えるというのは厄介《やっかい》だ。

　ただでさえ、すでに生徒会には武蔵と絹世という邪魔者

がいるというのに。

　それに……この前気づいたが、同じクラスの月下響と宇堂蛍。このふたりもカレンに気がある。

　敵意むき出しで俺を見ていたし、つねにあんなやつらがカレンの周りにいるのかと思うと気が気ではなかった。

　長王院もいるというのに……頼むから、これ以上カレンの魅力に気づく人間は現れないでくれ……。

　そう、願わずにはいられなかった。

「……あれ？　花恋はいないんですか？」

　キョロキョロと生徒会室を見渡した後、陸が不思議そうに言った。

「さっき今日は休みますって連絡がありましたよ」

「……え？」

　伊波の返事に、何やら驚いている陸。

「いや、そんなはず……さっきまで一緒にいたんですよ？」

　……どういう意味だ？

「俺が職員室に行く用事があったから一緒に来ませんでしたけど……またあとでって言って別れたのに……」

　陸はそう言って、眉をひそめた。

「急用ができたんじゃないですか？」

「それはあるかもしれませんけど……ていうか、休む連絡ってなんのツールで来ましたか？」

「学内のアドレスです」

「SNSじゃなく？」

　……確かに、変だ。

　学内のアドレスとは、星ノ望学園が生徒全員に配っているアカウントのアドレスだ。

　学籍番号がアドレスになっているもので、連絡手段のひとつとなっている。

　けれど……軽い連絡はSNSで済ませるだろうし、カレンは伊波の連絡先も知っているはず。

　それなのに……わざわざ学内のアドレスを使うのは不自然に思えた。

「一応確認とってみましょう。花恋の電話番号知ってる人いませんか」

　意外にも、陸はカレンの番号を知らないらしい。

「お前は知らないのか？」

　同じことを思ったのか、武蔵がどこか優越感をにじませた表情で陸に近づいた。

「聞き忘れていただけです」

「なら、俺が代わりに連絡してやる」

　どうやら、武蔵は連絡先を知っているらしい。

　ちなみに、僕も知っている。陸よりは上だ。

「……武蔵先輩、雑魚臭がすごいですね」

　陸は武蔵の態度が気に入らないのか、笑顔で毒を吐いている。

「お前……」

「とにかく早く連絡してください」

　陸に急かされ、不満そうにしながらも電話をかけた武蔵。

　段々と、武蔵の表情が雲っていく。

「……出ない」

　そのひと言で、生徒会室内に緊張が走った。

　おかしい……。

　急用だから電話に出られないということも考えられるが不自然なことが重なり過ぎている。

「何かあったんじゃないですか?」

「……その可能性はあるかもしれない」

　陸も武蔵も、険しい表情に変わった。

　カレンに……何かあったのか……?

　そう思うだけで、焦りで冷静さを失う。

「陸、最後に花恋に会ったのはどのくらい前だ?」

　僕は立ち上がり、陸に声をかけた。

「30分くらい前です」

　まだそこまで時間は経っていない……。

「探してくる。まだ校内にいるかもしれない」

「俺も、探してきます。クラスメイトたちにも聞いてきます」

　武蔵と陸が生徒会室を飛びだしていき、僕もパソコンを閉じた。

「他の役員は仕事を継続していろ。少し出てくる」

　あまりカレンを特別扱いしていることを周りの役員にバレてはいけないが、じっとなんてしていられない。

　僕は急いで、生徒会室を飛びだした。


　何もなければいいが……。

　そう願いながら、校内中を駆け回った。

　しかし、一向にカレンの姿は見当たらない。

　電話なんて何度もした。けれど一度も繋がらず、電源が入っていないという案内音声しか返ってこない。

　……おかしい。時間が経てば経つほど、カレンに何かあったかもしれないという疑惑が濃くなっていく。

　陸と武蔵にも連絡を入れたが、ふたりも見つけられていなかった。

　まさか……誘拐？

　十分にあり得る話だ。変装しているため知っている人間は少ないが、あのカレンなのだから。

　警察に連絡をしたほうがいいかもしれない……いや、しかし花恋は正体を隠して生活している。迂闊に正体がバレてしまうような行動はするべきではない……。

　どうすればいいんだ……。

「カレン……無事でいてくれ……」

　自分の無力さに苛立ち、ぎゅっと拳を握りしめた。

「今、花恋って言った？」

「……っ」

　誰だ……！

　振り返ると、そこにいたのはLOSTの連中だった。

　椿仁斗、榊大河、そして……長王院の姿も。

「どうしたの？　何かあった？」

　そう聞いてくる椿に、ちっと舌を鳴らしそうになった。

　余計なやつらと会ってしまった……。

「お前たちには関係ないことだ」

「──おい」

　とっとと去ろうとしたが、長王院の低い声に止められた。

「花恋に何があった。話せ」

「……」

　別に、こいつに怯えて立ち止まったわけじゃない。

　ただ……僕の頭の中に、選択肢が生まれただけだ。

　カレンの危機かもしれない今、くだらないプライドでこのままあてもなく捜索を続けるのか。

　一刻も早くカレンを見つけるには……こいつらの手を借りるほうがいいんじゃないか。

　人手は多いほうがいい。それに……人脈も広いやつらだということはわかる。

　前までの僕なら……どんな理由があったとしても、LOSTの連中の手を借りるようなことは絶対にしなかっただろう。

　でも……今はカレンの安全が、最優先だ……。

　……驚いた。

「実は……」

　僕は自分でも知らない間に……変わっていたらしい。

　しょうもないプライドを、脱ぎ捨てられるくらいには。

# 僕を抱きしめて

【side 絹世】

　花恋が長王院さんと付き合っていると聞いた時、正直鈍器で頭を殴られたような衝撃が走った。

　カレンの引退を聞いた時と、同じくらいの衝撃。そのくらい……ショックだったんだ。

　どうしてそんなにショックだったのか、自分でもよくわからない。

　でも……花恋をとられるんじゃないかって、とにかく焦った。

　長王院さんのこと、この星ノ望学園で知らない人はいない。周りとの関わりを遮断している僕でさえ、彼のことだけは知っていた。

　まさに、完璧超人。僕には優秀な兄さんが３人いるけど、兄さんたちよりすごい人を初めて見た。

　この人を超えられる人は現れないんだろうな。そう思っていたのに、まさか花恋がそんな人と付き合っているなんて……。

　僕が好きなのは、アイドルのカレン。花恋のこと、恋愛感情として好きなわけじゃないはずなのに……どうしてこんなにモヤモヤするんだろう。

　それに、日に日に花恋を好きな人間が増えていく。

　京条くんだけは、敵にならないって思ってたのに……。

「俺、好きな子にはとことん構いたいタイプみたい」

　突然態度を急変させた京条くんに、僕の焦りはピークに達した。

　どうしよう……このままじゃ……。

　みんなに花恋を、とられちゃう。

　カレンがいなくなった時の焦燥感を思い出して、怖くなった。

　嫌だ……花恋だけは、誰にもとられたくない……。

　いなくならないで……ずっとずっと僕と一緒にいてほしい……っ。

　……そうだ。

　僕の部屋に、閉じ込めたらいいんだ……！

　そう思いたった僕の行動は早くて、すぐに早退して準備をした。

　花恋の学内アカウントにログインして、伊波くんに欠席の連絡をする。よし、これで怪しまれないぞ。

　数日は熱で欠席することにして……今度の休日に、別荘に花恋を連れていこう！

　これで……僕と花恋は、ずっと一緒にいられる。


　無事に花恋が部屋に来てくれて、手錠も填めた。

　僕の計画は順調だった。……けど、予定外のことをしてしまった。

「ほら……き、気持ち悪いって、思ったでしょ」

　花恋が頑固だから……僕のことを知っても嫌いにならな

いなんて確証のないことを言うから、勢いのままに素顔を見せてしまったんだ。

　久しぶりに、自分の素顔を人に見せた気がする。

　怖くて、手は震えていた。

　ああ、終わった……。

　もう花恋に嫌われてしまったかもしれない……。

　花恋に拒絶される覚悟もできてないのに、見せるんじゃなかった……。

　気持ち悪いって、言われる……っ。

　そう身構えたけど、花恋が発した第一声は予想外のものだった。

「もう一度見せて」

　……え?

　な、なんで……?

　驚いて固まっていると、花恋は自分の手で僕の前髪を上げた。

　そして……悲しげな表情で、僕を見つめてくる。

「痛い……?」

　心配、してくれてるの……?

「……ううん。古傷だし、もう痛みはないよ」

「そっか……」

　花恋……そんなにじっと、見ないで。

『何あの傷……気持ち悪い』

『痛々しいよね……』

『あたしプリント回す時に近くで見たけど、腫れてて見て

られなかったよ……』

　みんなが僕の顔を見て、顔をしかめる。

　僕を見る目に、「気持ち悪い」って書いている。

　視界に映るものすべてに拒絶されている気がして、僕はこの傷を隠すようになった。

「もしかして、この傷のせいで私に嫌われると思った？」

　僕を見つめている花恋も顔をしかめているけど、それは嫌悪の表情ではない。

　僕をいたわるように、壊れものに触れるみたいに恐る恐る触ってくる花恋。

「そんなわけないのに」

　花恋はそう言って、困ったように笑った。

　……うん。心のどこかで、期待してたんだ。

　花恋なら……僕を拒絶しないんじゃないかって。

　だから僕は、花恋に惹かれたんだと思う。

　出会った時、どうしてか直感でいい人だって思ったんだ。

　多分……花恋が、カレンに似ていたから。

「たくさん、辛い思いをしたんだね」

「……っ」

　僕の傷を見て、今にも泣きそうな顔をしている花恋。

　僕のほうが泣きたくなって、じわりと視界がにじむ。

「たくさん苦しんで生きてきたんだね」

「……」

「私が絹世くんに出会えたのは、絹世くんが頑張って生きていてくれたからだよ」

　前髪がないからか、いつもより視界がクリアだ。

　なのに……花恋がそんなことを言うから、涙でにじんで前が見えない。

「私、こんなことで嫌いになんてならないよ」

「ほんとに……？」

「うん。……誰が絹世くんのことを嫌っても、私だけは絹世くんのことを大切に思ってるから」

　僕はその言葉に──どうしてか、アイドルのカレンを見つけた日のことを思い出した。


　あれは確か、小学6年生の頃だ。

　僕は両親にとって多分、生まれてこないほうがよかった子ども。

「お前はどうしてこんなに出来損ないなんだ……！」

　いつものように、父さんが僕を殴った。

　テストの点数が、100点じゃなかったから。

「お前みたいな子どもは……羽白家に必要ない!!」

　僕だって……こんな家出て行きたいよ。

　そう思ったけど、口に出せるわけがない。

　父さんが、この世の何よりも恐ろしかったから。

　僕の家は少し複雑で、僕のお母さんとお父さんは再婚だった。

　3人の兄は、お父さんと別の人の子ども。

　兄たちも幼い頃からお母さんに育てられているから、お母さんのことは実の母として慕っていた。

　けれど、実際にお母さんの血を引いているのは僕だけで、お母さんも僕にプレッシャーをかけてきた。

「絹世、勉強する時間を増やしなさい？」

「もう十分してるよ……」

　他のみんなが遊んでる時も、僕は嫌いな勉強を頑張っていた。

　それなのに、要領が悪いから成績が上がらないんだ。

　兄たちはみんな成績もよく、なんでもできる人たちだったから……余計にお母さんは焦っていた。

　ふたりになったらいつだって、もう少し頑張りなさいって、そればっかり。

　ある日、僕が父さんに連れられて行ったパーティーで仕出かしてしまった。

　マナーを間違えてしまい、一緒にいた人たちに笑われてしまったんだ。

　帰宅するなり、父さんはいつものように僕を殴った。

　いつも以上にその“説教”はひどくて、目が覚めたら病院にいた。

　そして……顔にはこの痛々しい傷があった。

「お母さん、この痕は治らないのかな……」

「そのうち治るわよきっと」

「今日、みんなに言われたんだ……痛々しくて気持ち悪いって……」

「そのうち治るって言ってるでしょ。いい絹世、お父さんに殴られたなんて、口が裂けても言っちゃダメよ」

　　お母さんは……いつもお父さんの味方だ。

　　もう、僕は嫌だよ……。

「お母さん……もう僕、この家から出て行きたい……」

　　我慢できずにそう言うと、お母さんは豹変した。

「どうしてそんなことを言うの……!?」

　　バシッと、大きな音が響いた。

　　頬が熱くて、それ以上に痛かった。

　　お母さんまで……そんなこと、するの……。

「絹世は……お母さんのために、頑張ってくれないのね」

　　違う。僕だって頑張ってる。でも……兄さんたちがすご
すぎるんだ。

　　そんなすごい人たちと……僕を比べないでよ。

　　次の日、お母さんは家を出て行った。


　　お母さんがいなくなった日の夜、僕は家に帰らず外を歩
いていた。

　　目的地もなく、ただぼうっと。

　　お母さんがいなくなったのは僕のせいだ。兄さんたちも
泣いていた。

　　全世界に責められているような気分になって、息が苦し
くなった。

　　もう消えてなくなりたいなぁ……なんて、空を眺めなが
らぼんやりと思った。

　　雨が降ってきて、寒さが厳しくなってきた。

　　自分で自分の身体を抱きしめる。

　雨音の音にさえも責められているような気がして、気を
紛らわせるためにイヤホンをつけた。

　聴きたい曲もなかったから、適当にラジオをつける。

『今日はアイドルのカレンちゃんがきてくれてます』

『初めまして、カレンです！　初めてのラジオで、緊張し
ています』

　アイドル……僕とは違って、キラキラした世界で生きて
るんだろうな……。

『今日は先日発売したセカンドシングルから、一曲お届け
します！　聴いてください、"hug me"』

　アイドルの曲って……どうせ明るいパーティーソングか
何かだろう。

　こんなテンションの時に、聴きたくない……。

　そう思ってラジオを切ろうとした時、流れてきたイント
ロは意外にも静かなピアノ調の曲だった。

　バラード……？

『あなたは何も悪くない。大丈夫だから、うつむかないで』

　うわ……綺麗な、歌声。

　それは僕の真っ黒に汚れた心を、洗い流してしまうよう
な透き通った声だった。

『投げ出したって逃げ出したっていいよ』

　う、わ……。

『君がいてくれたらそれだけで、抱きしめられるから』

「……」

『傷だらけの君ごと包み込むよ』

　ぽたぽたと、音を立てて雫が落ちた。

　それは雨ではなく、僕の涙だった。

『私だけはあなたのことを愛しているから』

「……っ」

　いつの間にか涙が止まらなくなっていて、僕は強く下唇を噛みしめた。

『聞いてくれてありがとうございました……！　この曲は、ひとりで苦しんでいる人の心に届けばいいなと思って歌いました』

　少なくとも……僕には届いた。

　僕の真っ暗な世界に、ひと筋の光がようやく差し込んだ瞬間だった。


　その後、なんとか家に帰った僕は、すぐにカレンのことを調べた。

　綺麗な歌声だったけど……カレンは見た目も驚くほど美しい人だった。

　カレンの歌に救われたこともあり、僕はカレンを崇拝するようになった。

　お父さんは相変わらずだったし、お母さんが出て行ったあと、家族に対してのあたりもきつくなったけど、僕の世界の中心がカレンになってからというもの、少しずつ生きるのが楽しくなった。

　あざが思うように治らなくて、周りの人からおばけと言われても、気持ち悪いと噂をされても……カレンの曲を聴

いて、カレンの映像を見るだけで、僕は幸せになれた。

そしてあの日ラジオで聴いた曲は、僕の中で一番好きな曲になり、毎日ずっとその曲を聴いていた。

『投げ出したって逃げ出したっていいよ』

カレンの言葉が、僕の背中を押してくれたんだ。

その頃、僕は本格的に家から逃げる術を考えだした。

まだ小学生だし、ひとり暮らしは不可能。でも……一刻も早く出ていきたいし……。

どうしようか悩んでいた時、カレンがラジオで寮に住んでいることを話しているのを聴いた。

寮？……あっ、そうだ……!!

僕は全寮制の中学を必死に探した。

きっと、成績がよくない中学だったらお父さんは許してくれない。

だったら……。

お父さんが喜んで許してくれそうな中学を探し、それが星ノ望学園だった。

国内でも有名な進学校。ここなら……お父さんも自慢になるだろう。

僕は兄弟の中では落ちこぼれだけど、同年代の中では優秀なほうだった。

僕の成績なら……頑張ればなんとか入れるはずだ。

「お、お父さん……」

「……なんだ」

「僕……この中学に行きたいんだ……」

「ん？　おお……！　星ノ望学園か……！　名門中学じゃ
ないか。急にどうしたんだ」
「頑張りたいんだ……羽白家の一員として……」
　単純なお父さんは、すぐに許してくれた。
　あんなに喜んでいるお父さんの顔を見たのはあとにも先
にも初めて。……というかあれ以来お父さんとはあまり
会っていないけど。
　僕が星ノ望学園に合格すると、お母さんも家に戻ってき
た。「おめでとう」と微笑んでくれた母の顔を、僕は真正
面から見ることができなかった。もうその頃にはすでに、
僕の中でお母さんの存在はお父さんと同じ怖い人でしかな
かったから。
　家族＝敵。そんなふうにしか考えられなくなっていた。
　でも、いいんだ。僕には……カレンがいるから。
　星ノ望学園での生活は、僕にとって順風満帆だった。
　家族と会わなくていいというだけで、こんなにも楽なの
かと思い知った。
　家族がいなくて、好きな時にゲームができて……そして、
カレンがいる。
　これ以上にない幸せが……ある日突然壊れた。


　あっ……今日、カレンのライブの日だ。
　僕は現地にはいかないタイプのオタクだから、トレンド
をチェックする。
　新情報の解禁とかあったのかな……って、え？

　カレン、引退……？

　トレンドに入っていた言葉に、自分の目を疑った。

　う、嘘だ……ありえない……。

　デマだという情報を探す。けれど、出てくるのは"電撃引退宣言"や"芸能界引退"という不穏な言葉ばかり。

　そして……。

『私、カレンは──芸能界を引退します』

　その日のニュースは、カレンの話で持ちきりだった。

「……う、そ……」

　カレンが……引退？

　僕の世界は再び、暗闇に飲み込まれた。

　心の支えであったカレンがいなくなって、自暴自棄になっていた。

　そんな僕の前に現れた、もうひとりの花恋。

　ねえ花恋。僕はもう……失いたくないんだよ。

　花恋は僕の暗闇に差し込んだ、新しい光だったから。


「私、こんなことで嫌いになんてならないよ」

　僕を見て微笑む花恋。

「ほんとに……？」

「うん。……誰が絹世くんのことを嫌っても、私だけは絹世くんのことを大切に思ってるから」

　そう言って、僕を優しく抱きしめてくれた花恋。

　この温もりを……手ばなしたくないと思った。

「こんなことしなくても、私はずっと絹世くんの友達だよ」

「ううん、違う……」

　違うんだよ花恋。

「それじゃ満足できない……」

　どうしてか僕は……友達じゃ足りないんだ。

　僕の言葉に、花恋は「うーん……」と考えるような仕草
をした後、何か閃いたのか目を輝かせた。

「わかった！　それじゃあ……親友になろう！」

　親友……。友達よりも上だけど……それも違う。

　親友じゃ……長王院さんに負けてるもん。

　そう思って、ハッとした。

　……え？

　僕は長王院さんに勝ちたいの？

　……あ、そっか……。

　どうして自分がこんな暴動に出たのか、その理由に気づ
いた。

　僕は花恋と──恋人になりたいんだ。

　僕の顔を見ても、拒絶しなかった花恋を……もっと大好
きになってしまった。

　でも、僕はカレンも好き。これって……二股になる
の……？

「ど、どうしよう……僕、最低だ……」

　最低な自分自身に、頭を抱えた。

「どうしたの絹世くん!?」

　花恋はこんな僕を心配してくれているのか、顔を覗き込
んでくる。

「僕……カレンも好きだし、花恋も好きなんだ」

「え？」

「どうすれば、花恋の心が手に入るの？」

「心……？」

　さっきから、僕が言っていることがわかっていなさそうな花恋。

　そういえば、花恋は鈍感だった。

　武蔵くんや陸くんの好意にも気づいていなさそうだし……。

　ちゃんと言葉にしないと、伝わらない……！

「ぼ、僕、花恋のことが好きになっちゃったみたい……。か、花恋の彼氏になりたい……！」

　花恋の手をぎゅっと握って、はっきりとそう伝えた。

「ええぇ……！」

　花恋も意味を理解してくれたのか、大きく目を見開いている。

　ふたり同時に好きなんて、ダメだよね……。

　でも、僕の中でカレンと花恋は一緒というか……自分でも、うまく言えない。

　とにかく今わかるのは……誰にも花恋を奪われたくないってこと。

「だから、やっぱり閉じ込める……！」

「お、落ち着いて絹世くん！」

　驚きながらも、僕をなだめようとしている花恋。

「これは、正しいやり方じゃないよ」

「正しいやり方……?」

「こんなふうに無理やり行動を縛(しば)ったところで、心は手に入らないでしょう?」

　確かに……。

　僕は……花恋に僕のことを、好きになってほしい。だって……一緒にいられても、片思いなんて悲しいから。

　僕と同じくらい、好きになってもらいたい。

「じゃあ、どうすればいいの?」

　花恋はどうすれば……僕のことを好きになってくれる?

「せ、正々堂々、アピールをする、とか……?」

　正々堂々、アピール……。

　こんなやり方は、卑怯か……。

　今まで、嫌なことからはずっと逃げてきた。

　逃げなければ心が壊れそうだったからという理由もあるけど、逃げてもいいと思っていたから。

　いつだって簡単なほうを選んで、家族からも……。

　正直、長王院さんがライバルなんて、勝算はない。負け戦(いくさ)みたいなものだ。

　でも……今回だけは、逃げたくない。

　僕はどうしても――花恋の心が欲しいと思った。

## 絹世の覚悟

「ぼ、僕、花恋のことが好きになっちゃったみたい……。か、花恋の彼氏になりたい……！」

　突然の告白は、今日一番の驚きだった。

「ええぇ……！」

　か、彼氏になりたいって……恋愛感情としてってことだよね……？

　き、絹世くんが、私を……!?

　今までそんなそぶりを見せていなかったし、本人も今気づいたような反応をしている。

　兄妹のように慕ってくれているだけだと思ってた……。

「だから、やっぱり閉じ込める……！」

「お、落ち着いて絹世くん！」

　本人もややパニックになっているのか、今日の絹世くんは思考が飛んでいる。

　頭を冷やさなきゃ……！

　好きで独り占めしたいから閉じ込めるなんて……ちょっと極端すぎるよ……！

「これは、正しいやり方じゃないよ」

「正しいやり方……？」

「こんなふうに無理やり行動を縛ったところで、心は手に入らないでしょう？」

「じゃあ、どうすればいいの？」

　意見を求めるように、じっと見てくる絹世くん。

　え、えっと……どうすればいいんだろう……わ、私もわからないけど……。

「せ、正々堂々、アピールをする、とか……?」

　なんとかひねり出した案。的外れな気もしたけど、絹世くんは納得してくれたのか、おとなしくなった。

　少しの間黙り込んだ後、ゆっくりと顔を上げた絹世くん。

「……わかった」

　え?　わ、わかってくれたの……?

「僕は……」

　──ガシャンッ!!

　室内に、大きな音が響いた。

　まるでドアが壊れたみたいな、いびつな音。

　な、何っ……?

　驚いて玄関のほうを見た時、リビングの扉が開いた。

　入ってきたのは……。

「花恋!!」

　え……て、天聖さん!?

「かれ……一ノ瀬、無事か……!?」

　……と、正道くん!?

　確か、絹世くんが鍵とチェーンをかけていた。

　まさか……本当にドアを壊して入ってきたのかなっ……?

　というか……どうしてふたりがここに……!

「……っ」

　天聖さんは、私の腕についている手錠を見て目を見開い

た。そして……顔から色を消して、絹世くんのほうへ歩み
寄っていく。

　まずい……！　直感でそう思い、私は天聖さんのほうに
駆け寄った。

　天聖さん……ひ、人を殺しそうな目をしてる……！
「ま、待ってください……！」

　絹世くんのところに向かっていく天聖さんを止めるた
め、大きな体にしがみつく。
「な、何しようとしてますか？」
「……消す」

　ひっ……！

　ドスの効いた低い声で、怖い発言をする天聖さん。
「お、落ち着いてください天聖さん……！」

　何か誤解してるのかもしれない……！って、ここに閉じ
込められていたのは誤解ではないけど、絹世くんはわかっ
てくれたみたいだし、実際手錠をかけられる以外は何もさ
れてない。
「あ、あの、遊んでいただけです……！　その……警察ごっ
こです！」

　そう言って、天聖さんに笑顔を向けた。
「お前……」

　さすがに騙されてはくれなかったのか、若干呆れ顔に
なった天聖さん。
「ね、絹世くん？」

　私は同意を求めるように、絹世くんのほうを見た。

「ううん。警察ごっこなんてしてないよ。僕が花恋を閉じ
込めたの」

　き、絹世くん……!!

　正直に説明した絹世くんに、再び天聖さんの瞳には怒り
が宿っていた。

「絹世、お前……」

　正道くんも、険しい表情で絹世くんを睨んでいる。

　ふたりに睨まれて絹世くんも怯えているかと思いきや、
なぜか憑きものが取れたような清々しい表情で私のほうを
見ていた。

「ごめんなさい花恋。もうこんな方法はやめる」

　絹世くん……?

　てくてく私に近づいてきた絹世くんは……そっと唇を近
づけてきた。

　——ちゅっ。

　額に、柔らかい感触。

　え……?

　驚いてぱちぱちと瞬きを繰り返す。

　今……おでこに、キスされた……?

「これからは正々堂々、頑張るよ!」

　視界に映る絹世くんは……いつもより明るい、満面の笑
みを浮かべていた。

　しーん……と、室内に静寂が流れる。

「……いいかげんにしろ!!」

　それを破ったのは正道くんで、顔を真っ赤にしながら絹

世くんに近づき、そのまま頭をごつんと殴った。

「いでっ!! 何するの正道くん!!」

「こっちのセリフだ!!!」

　び、びっくりした……。

　さっき告白されたけど……絹世くんがこんな大胆なことをするなんてっ……。

「殺す……」

　放心状態だった私に届いた、天聖さんの低ーい声。

　物騒な発言に、たらりと冷や汗が頬を伝う。

　ま、まずい……天聖さんの目が本気だっ……!

　このままじゃ絹世くんが大変なことになると本気で焦り、私は必死で天聖さんをなだめた。

## キスマーク

　なんとか場を収めた私は、天聖さんと一緒に部屋を出た。

　絹世くんは正道くんに連行されていて、ふたりは前を歩いている。

　怒りが静まっていない天聖さんと絹世くんを近づけたら大変なことになるから、一定の距離を保って寮を出た。

「花恋……！」

　あれ？　仁さん……？

　寮の入り口に、人だかりができている。

　仁さんや大河さん、響くんと蛍くん。LOSTのみんなに加えて……陸くんとまこ先輩もいた。

「見つかってよかった」

　私を見て、ほっと安堵の息を吐いた仁さん。

「花恋、無事でよかったわぁ……」

「響くん……どうしてここに？」

「陸が教室に来て、花恋がおらんくなったって言うから……」

　もしかして……私は迷子になったと思われていたのかもしれない。

　みんなで探してくれていたんだっ……。

　申し訳ない気持ちになって、「ごめんなさい……！」と頭を下げた。

「いや、無事ならいい」

「心配したよ花恋……でも、まさか本当に絹世先輩の部屋にいたとは」

　蛍くんと陸くんにまで心配をかけてしまった……と反省する。

「結局、なんで絹世の部屋にいたんだ？」

　まこ先輩の質問に対して返事に困っていると、正道くんが代わりに口を開いた。

「……監禁されていた」

「……え？」

　みんなの視線が、絹世くんに集まる。

　まるで犯罪者を見るような視線が向けられていて、苦笑いしてしまった。

　そ、そんな蔑（さげす）んだ目で見なくても。……陸くんに関しては、ゴミを見るような目をしてるっ……。

「僕が花恋を独り占めしようと思ったんだけど、こんな方法じゃダメだって気づいたんだ……だからね、僕は考えを改めたよ！」

　絹世くんは、みんなを見ながら笑顔でそう言った。

「お前……たまにぶっとんでるよね」

　あははと、仁さんだけは笑っているけど、他のみんなは笑っていない。

　むしろ、さっきよりも鋭利（えいり）な視線たちが絹世くんを刺（さ）していた。

　大河さんが、「はぁ……」と呆れた様子でため息をついている。

「もうこんな騒動はやめてくれ。花恋がいないと聞いて、天聖が大慌てだったんだからな」

「そうそう。あんな焦った天聖は初めて見たよ。正直ちょっと面白かった」

　えっ……。

　天聖さん、そんなに心配してくれていたんだ……。

「仁と天聖といた時、偶然久世城と会って……その時、花恋が消えたことを教えてくれたんだ。あいつも緊急事態だと思ったんだろう」

　大河さんから聞かされた事実に、驚いた。

　正道くんが……？

　LOSTのみんなのこと毛嫌いしてるはずなのに……。

　正道くんの変化に、うれしさを感じる。

「でもなんで、私が絹世くんの部屋にいるってわかったんですか？」

　ずっと不思議だったことを聞くと、仁さんが「あー、それは……」と口を開いた。

「今日絹世が早退したんだけど、なんかおかしかったなぁと思って。絹世に連絡したら繋がらなかったから、変だなって思ったんだ」

　なるほど……。

「学校中探してもいないって言うから、念のため確認すればってことになって……まさか当たってるとは思わなかったけどね」

　あはは……。

　私もまさか、人生で手錠をはめられることがあるなんて思わなかったから、貴重な体験だった。

「おい、今日はもう連れて帰る」

　ずっと黙っていた天聖さんが、私の腕をつかんだ。

「あの天聖さん、私、生徒会が……」

「今日は帰って休め」

　心配してくれているのか、天聖さんは腕を離してくれる気はないみたいだった。

「なっ……ま、待て‼　今回は生徒会内で起こった騒動だ‼　生徒会長の俺が責任を持って送り届ける‼」

「帰るぞ」

　正道くんの声を無視し、歩きだした天聖さん。

「諦めなよ久世城。うちの総長は頑固だから」

　仁さんに肩を叩かれ、正道くんは「うるさい！」と怒っている。

　私はみんなに手を振って、天聖さんに引かれるがまま一緒に学校を出た。


　帰り道。いつも以上に口数が少ない……というか、ずっと黙り込んでいる天聖さん。

　怒ってるかな……？

　私……いつも心配をかけてばっかりだ……。

「ごめんなさい……」

　勝手に溢れた謝罪の言葉。天聖さんが、ぴたりと足を止めた。

「……違う。怒ってない」

　そう言って私を見た天聖さんの表情は、本当に怒っているわけではなさそうだった。

「花恋に対して怒ることはないって、前に言っただろ？」

　声色も優しく、見つめてくる瞳は甘い。

「ただ嫉妬しただけだ。……勘違いさせて悪かった」

　え……？

「嫉妬……？」

　て、天聖さんが……？

　思いもしなかった告白に、ぼぼっと顔が熱くなった。

　目を見ていられなくなって、視線を下げる。

「天聖さんも……し、嫉妬とか、するんですね……」

　び、びっくりした……。

　天聖さんって、いつも余裕というか……冷静だから、そんな感情は持ち合わせてないと勝手に思っていた。

「……いつもしてるだろ？」

「へっ……」

　またしても驚いて、変な声が漏れる。

「気づいてなかったのか？」

　なぜか私以上に驚いた表情をしている天聖さん。

　私を見つめたまま、そっと頬に手を伸ばしてきた。

「俺は独占欲まみれの男だ」

　熱い視線に見つめられ、恥ずかしいのに目をそらせなくなる。

　頬に重なった天聖さんの大きな手も、じんわりと熱を

もっていた。

「できることなら俺だって……閉じ込めて、俺だけのものにしたい」

　初めて聞く天聖さんの内に秘められた気持ちに、やけどしそうなほど顔が熱をもつ。

「もうずっと、嫉妬でおかしくなりそうだ」

　いつもの静かで冷静な天聖さんからは、想像もできないほど情熱的な眼差し。

　そっと、天聖さんの親指が私の唇をなぞった。

　キ、キスされるっ……。

　そう覚悟して、目をきつくつむった。

　けれど、いつまでたってもその感触はなく、恐る恐る目を開けた時だった。

　天聖さんの唇が、私の首筋に触れる。

「ひゃっ……」

　そのまま、吸われるような感触が走り、自分のものとは思えないような恥ずかしい声が漏れる。

　な、何っ……!?

　パニックになっていると、ゆっくりと天聖さんが顔を離した。

「今はこれで我慢する」

　驚いている私を見て、天聖さんは満足げに微笑んだ。

　……〜っ！

　今日の天聖さんは意地悪だっ……。

　私の顔が真っ赤っかになったのは、言うまでもない。

## ライバル増加は止められない

　朝起きて、鏡の前に立つ。

　メガネをかけてウイッグをつけて、変装はバッチリ。

　学校に行く支度も済んだから、あとは家を出るだけだけど……。

「はぁ……」

　昨日のことを思い出して、玄関から出たくなくなった。

　天聖さんに……キスされたあと、私は走って逃げ出した。

　マンションは見えていたから、迷子にならずに済んだけど……天聖さんに会うのが気まずい。

　ため息をついた時、あることに気づいた。

　首筋に、虫刺されみたいな跡がある。

　なんだろうこれ……？

　蚊にでも刺されたのかな？　この時期にまだいるなんてびっくりだ。でも、痒くはないなぁ。

　不思議に思いながらも、気にしないでおいた。


　——ピンポーン。

　いつものように、天聖さんの家のインターホンを押す。

　すぐに出てきてくれた天聖さんは、私を見てから口角を上げた。

「おはよう」

　うっ……。昨日のことで私が恥ずかしがっていると思っ

ているのか、天聖さんが意地悪モードの顔になっている。

「お、おはようございます……」

「行くぞ」

　天聖さんは優しくそう言って、私の手を握った。

「えっ……」

　突然握られた手に、心臓がどきりと跳ね上がる。

「あ、あの、手っ……」

「嫌か?」

　い、嫌ってわけではないけどっ……。

　で、でも、恥ずかしい……。

　ふり払えないまま、エレベーターに乗る。

「ちっさいな」

　天聖さんはそう言って、ふっと笑った。

「て、天聖さんが大きいんですよ」

　冗談抜きで、私の倍くらいある手。

　細くて綺麗だけど、ゴツゴツもしていて、嫌でも男の人なんだと感じる。

　今までは天聖さんのこと、頼れるお兄ちゃんみたいに思っていたのに……告白されてからというもの、男の人として意識せずにはいられなかった。

　ドキドキするようなことばかりされたら……だ、誰だって意識しちゃうよっ……。

　それに、相手は天聖さんだ。

　この世の女性みんなを虜にしちゃうほど、魅力的な人。

　学校に向かっている間も、道を歩く人たちがみんな私た

ちを見ていた。

　まるで、「どうしてこんなイケメンと地味子が付き合っ
ているんだ」とでも言いたげな目で。

　わ、私も、いまだにどうして天聖さんが私を好きでいて
くれているのか……さっぱりわからない……。

　でも……。

「……ん？　どうした？」

　じっと見すぎていたのか、私の視線に気づいた天聖さん
が優しく微笑んだ。

　こんなふうに甘い視線を向けられたら……愛されている
ことを実感してしまう。

　私以外の人に微笑みかけているところなんて見たことが
ないし……自意識過剰かもしれないけど、天聖さんの一途
な愛はちゃんと伝わっていた。

　私も……ちゃんと考えないと……。

　私は天聖さんのこと……どう思っているのか……。


　いつものように、生徒会室の近くまで送ってくれた天聖
さん。

「それじゃあ、またお昼休み……！」

「ああ。……気をつけろよ」

「え？　何をですか？」

　首をかしげると、天聖さんはそんな私を見てため息を吐
いた。

「……昨日も監禁されただろ」

　あっ……絹世くんに気をつけろってことかなっ……？

　本人は考えを改めてくれたみたいだし、私に危害を加えるようなこともないと思うけど……天聖さんが心配するのも無理はない。

　それにしても……絹世くんが私を好きなんて、いまだに信じられない……。

「あいつだけじゃない。他の役員にも気をつけろ」

　正道くんのことを言っているのか、天聖さんの忠告にこくこくと頷いて返す。

「まあ……何かあれば、すぐに助けにいく」

　そう言って、私の頭に手を置いた天聖さん。

「お前はお前のままでいい」

　優しい微笑みを浮かべながら、私の頭をわしゃわしゃと撫でた。

　……っ。

　ダメだ……。

　私は多分、この微笑みに弱い……。

「ただ……あんまり他のやつに、可愛さを振りまかないでくれ」

　天聖さんはそんなことを言って、最後にぽんっと優しく頭を撫で去っていった。

　可愛さって……そんなの、ないのに……。

　天聖さんの目には、私がどう映ってるんだろう……。

　私は頬の火照りが治まるまで、パタパタと手で顔をあおいだ。

　　こんな真っ赤な顔で……生徒会室に入れないよ……。


「お、おはようございます……」

　火照りが治まってから、生徒会室に入った。

　平常心平常心……！

「おはよう花恋!!」

　自分の席に座っていた絹世くんが、私を見るなり駆け寄ってきてくれる。

「おい、近づくな犯罪者」

　けれど、途中でまこ先輩に首を掴まれ、捕まってしまった絹世くん。

「ちょっと！　離して……！」

「武蔵先輩の言う通りですよ。害虫は花恋に近寄らないでください」

「京条くん！　僕先輩だよ!!　先輩を害虫呼ばわりしないで!!」

　り、陸くんってば、笑顔でとんでもない発言……ははは……。

「生徒会歴なら俺のほうが長いですよ。年齢が上でも、あなたが人生の先輩とは到底思えません。敬（うやま）える要素がただのひとつもないので」

「ひ、ひどい……」

　棘（とげ）のありすぎる言葉の数々に、絹世くんは大ダメージを受けている。

「花恋、助けてー!!」

「ふ、ふたりとも……離してあげて……！」

　かわいそうになって、まこ先輩と陸くんを止めた。

「うわああん！　やっぱり生徒会は怖いやつらばっかり
だ！」

　絹世くんが、ぎゅうっと私に抱きついてくる。

「その点、花恋は優しいから大好き！」

　前髪の隙間から、うれしそうな笑顔がのぞいていた。

　昨日も直接顔を見て思ったけど……絹世くんは、目がと
ても大きい。

　ぱっちり二重で、天使みたいな綺麗な顔をしている。

　本人は傷跡を気にしているみたいだけど、美少年という
単語がぴったり合うような端正な顔立ちをしていたから最
初に見たときはびっくりしてしまった。

　私に抱きついたまま、じっと上目遣いで見つめてくる絹
世くん。

「僕、長王院さんから花恋を奪えるように頑張るね！」

　絹世くんは、天使の微笑みを浮かべながら耳を疑うよう
な発言をした。

　天聖さんと私が付き合っていると思っているからの発言
だろうけど……。

「お前……一番臆病なびびりのくせにとんでもない発言を
するな……」

「堂々と略奪宣言……」

　まこ先輩と陸くんは、絹世くんを見ながらドン引きして
いる。

　あはは……。

「君たちだって一緒でしょ！」

「お前と一緒にするな。そういうのは、秘密裏に行うべきだ」

「警戒されたら面倒ですからね。俺は害虫先輩と違って賢いんですよ」

「害虫先輩って……ひ、ひどいっ……！」

　り、陸くん、これから害虫先輩って呼ぶつもりなのかなっ……。

　あまりにかわいそうなあだ名に、同情してしまった。

「おいお前たち、うるさいぞ!!」

　奥から、正道くんが歩み寄ってきた。

　こほんと咳払いし、私のほうを見た正道くん。

「い、一ノ瀬……昨日はよく休めたか？」

　昨日の夜、メッセージも送ってくれていた正道くん。

　どうやらずいぶん心配をかけてしまったみたい。

「はい……！　早退してすみませんでした……！」

「い、いや！　いいんだ！　仕事は片づけておいたから、気にしないでくれ！」

　正道くんが片づけてくれたのかな……？

「ありがとうございます」

　ただでさえ仕事が多いのに、負担を増やしてしまった。今日は昨日の分までたくさん働こう……！

「会長、仕事やってやったぞアピールですか？　そういうのモテませんよ」

　あれから怖いもの知らずになった陸くんが、正道くんに

対してもとんでもない発言をしている。

　正道くんもさすがに癇に障ったのか、眉間にしわを寄せている。

「お前……最近俺への態度がなっていないぞ」

「え？　脅しですか？　花恋、会長は嫌な男だね」

　えっ……！　私に話を振られ、返事に困った。

「陸、口を慎め」

　まこ先輩が間に入ってくれたけど、陸くんは態度を改めるどころか……。

「武蔵先輩は相変わらず会長の犬ですね。情けないね花恋」

　まこ先輩に対しても、笑顔で毒を吐いている。

「生徒会はやばいやつばっかりだ。やっぱり、俺が一番優良物件だと思うよ」

　にっこりと、効果音がつきそうなほど清々しい陸くんの笑顔。

「どう考えてもお前が一番やばいぞ……」

　まこ先輩は陸くんの狂気に顔を青くしていて、私も心の中で確かに……と返事をした。

「あれ？　花恋、首筋のそれどうしたの？」

　え？

　絹世くんが、私の首にできた赤い跡に気づいてそう聞いてきた。

「ああ、これ……虫に刺されたみたい」

　そう答えると、なぜか絹世くん以外のみんなが途端に怖い顔になった。

「……本当に虫刺されか？」

「心当たりはないの？」

　どういうこと……？

　まこ先輩と陸くんのセリフに、首をかしげた。

「その……誰かに触られたとかは、ないか？」

　顔をしかめながら、まこ先輩がそう聞いてきた。

　触られた……？

「昨日は……天聖さんが……」

　心当たりはあった。

　ここは……昨日、帰りに、天聖さんにキスをされた場所
だったから。

「……へっ」

　え……えっ……!?

　こ、これ、虫刺されじゃないの……!?

　昨日のことを思い出して、ぼっと顔が熱くなる。

　私の反応を見て、みんなが顔色を一変させた。

　バタンッ！と音を立て、正道くんがその場に倒れる。

「ま、まさみ……会長!?」

　大丈夫……!?　近くにいた役員さんが、正道くんに駆け
寄った。

「伊波さん！　会長が気を失っています……!!」

　ええ……!?

「ほ、保健室に運びましょう……！」

　珍しく伊波さんも取り乱していて、生徒会室内がざわつ
いた。

「い、いや……平気だ……」

　なんとか意識を取り戻したのか、ゆっくりと立ち上がった正道くん。

　ほ、ほんとに大丈夫なのかな……？　顔色、すごく悪いっ……。

「長王院天聖……抹消してやる……僕の天使に……あの男……」

　聞こえないような小さな声で、ひたすらぶつぶつ言っている正道くん。

　や、やっぱり、保健室に連れて行ったほうがいいんじゃ……。

「こ、これがキスマーク……は、初めて見たっ……」

　絹世くんも、顔を赤くしながらぶつぶつ呟いていて、みんなおかしくなってしまった。

「ちっ……害虫はあの男のほうだったか……」

　陸くんはギリギリと歯ぎしりをしていて、ちょっと怖い。

「花恋、絆創膏は持っているか」

　まだ一番冷静そうなまこ先輩にそう聞かれて、こくりと頷いた。

「は、はい！　持っています！」

「その……忌々しい跡に貼ってくれ。見ているだけで殺気がみなぎってくる」

　ひっ……！

　冷静だと思っていたまこ先輩も豹変していて、身体の周りから禍々しい殺気を放っているように見えた。

234

「ひとまず、生徒会としては手を組みましょう。先輩たち
も敵ではありますけど、とにかくLOSTのやつらに奪われ
るのは許せないので」

「そうだな……まずは生徒会側に引き寄せることが優先だ」

「おっ、団結だね！　僕も反論はないよ！」

「……あの男だけは……僕の手で抹消してやる……許さな
い……絶対に……！」

　口々に何か言っているみんなの姿を見て、こんな状況な
のに口元が緩んだ。

「ふふっ」

「花恋？　どうして笑ってるの？」

　陸くんが、私の顔を覗き込んでくる。

　だって……こんなに賑やかな生徒会、初めてな気がする
から。

「みんなが仲良くなって、うれしいです」

　最初の生徒会とは、比べ物にならないくらい騒がしくて、
明るくて……みんながそれぞれ持っていた心の壁が破られ
たみたいに、和気藹々と話している。

　その光景が、すごくまぶしく見えて……とってもうれし
くなった。

「どこをどう見れば仲良く見えるんだ……？」

「花恋って、賢いのにたまにアホっぽいよね。可愛いから
いいけど」

「僕が一番仲良しなのは花恋だよ！」

　険しい表情をしているまこ先輩。呆れながらも笑ってい

る陸くん。満面の笑みを向けてくれる絹世くん。

　後ろで、少し困ったように照れている正道くん。

　ふふっ……私、今の生徒会が大好き。

　みんなも……そう思ってくれているといいな。

　この時の私は、気づいていなかった。

　ひとり、この平和な状況に、違和感を抱えている人がいることに——。


　日曜日は、生徒会がお休み。だから、土曜日の生徒会はいつも忙しない。

　今日も例外なく、みんな週末の仕事に追われてバタバタしていた。

　正道くんは職員会議へ出席していて、「お前も来い！」と指名された絹世くんも連れていかれた。

　他の役員さんたちも出払っている中、陸くんが立ち上がった。

「去年の学祭の資料が欲しいので、探してきます」

「待て、俺も行く」

　陸くんに続いて、まこ先輩も席を立つ。

　みんな忙しそう……私も早く終わらせて、手伝おう。

「まったく……いい加減全てデータ化すればいいものの……」

「教員の殆どがアナログ思考なんで、仕方ないですよ。文句があるなら無能な教員たちに言ってください」

　ふたりの会話に、思わず苦笑いが溢れる。

り、陸くん、相変わらず毒舌だっ……。

「花恋、ちょっと出て行くけど待っててね。他のやつが戻っ
てきても、仲良くしたらダメだよ」

「お前に指図する権利はない。とっとと行くぞ」

　私にウインクしてきた陸くんの腕をまこ先輩が引っ張り
ながら、ふたりは生徒会室から出て行った。

　生徒会室に残っているのは……私と、伊波さんだけに
なった。

「みなさん行ってしまいましたね」

　伊波さんが、困ったように笑った。

　伊波さんは、今日も優しい人だ。ずっと前から、生徒会
の良心的存在。

　最近はみんなと仲良くなることができたけど、伊波さん
は最初からずっと仲良くしてくれている。

　ただあの一件から、やっぱり心のどこかで少しだけ、恐
怖心を抱いている自分もいた。

　あれは、正道くんに命令されただけ。伊波さんは自分の
意思でしたことじゃないし、ちゃんと謝ってくれたんだか
ら……早く忘れよう。

　そう思っているけど、時折あの光景がフラッシュバック
してしまう。

『……本当に、すみません』

　……早く、頭の中から忘却しなきゃ。

　伊波さんは……とってもいい人なんだから。

　それにしても……伊波さんとふたりなんて、珍しい。

　ふと、生徒会のみんなから嫌われて仕事を押し付けられていた時のことを思い出した。

　残って作業をしていた私を、手伝ってくれた伊波さん。

　いつも夜の生徒会で、ふたりでせっせと作業をしていた。

　少し前のことなのに、なんだか懐かしく感じる。

　ひとりそんなことを、思っていた時だった。

「……花恋さん、少しいいですか？」

　恐る恐るといった様子で、話しかけてきた伊波さん。

「はい？」

　不思議に思って、伊波さんのほうを見る。

　視界に映った伊波さんは……見たことのない表情を浮かべていた。

　怖い顔とか、そういうことじゃなくて……真剣で、いろんな感情が混ざり合ったような複雑な表情。

　困っているのか、悲しんでいるのか……どんな感情なのかは読み取れない。

　ただ、どうしてか……私には伊波さんが、不安そうに見えたんだ。

「花恋さんは……何者なんでしょうか」

「……え？」

　突然の質問に、思わず目を見開いた。

　何者……？

「最近、正道様と親しくしていますよね？」

　……もしかして……。

　伊波さんは、私のことを何か疑ってる？

「それは……」

「もしかして、あなたは？」

「伊波さん……？」

「何を、言おうとしてるの……？」

「——アイドルの、カレンですか？」

　ドキッと、心臓が大きく跳ね上がった。

　そして、どくどくと嫌な音を立て始める。

　……な、んで……？

　どうして……。

「……なんて、冗談です」

　にこっと、いつもの優しい笑みを浮かべた伊波さん。

　じょ、冗談……？

　よ、よかった……。

「あはは……急に変な冗談言うから驚きました。私がアイドルなわけないですよ、名前が一緒なだけで」

　すぐに平静を装い、ごまかす言葉を並べる。

「はい、そうですよね。ただ、正道様は女性嫌いなので、不思議に思って。あの人が平気な女性は唯一、アイドルのカレンさんだけだったので」

　なるほど……。

　伊波さんがどうして私に辿りついたのか、その理由はわかった。

　確かに、伊波さんはいつも握手会やイベントにも付き添いで来ていたし……その可能性が浮上するのはおかしくはない。

　ただ、伊波さんの言い方からして、多分確信はないんだ
ろうし、私がカレンだって思っているわけではなさそう。

　バレたかもしれないとさっきはゾッとしたから、一気に
肩の力が抜けた。

　心臓止まるかと思ったよ、本気で……。

「私、飲み物を買ってきます」

　一旦ひとりになりたくて、席を立った。

　伊波さんに背を向けて、ふぅ……と息を吐く。

　盲点だったけど……伊波さんにも気づかれないように、
気をつけなきゃ。

　この前響くんと蛍くんにバレたばっかりなんだ。これ以
上、ボロを出すわけにはいかない……。

　大きな扉を開けて、生徒会室を出る。

　私がいなくなった生徒会室には……。

「あの方がカレンだったら……困ります」

　伊波さんの、苦しげな声が響いていた。

# 20th STAR
# 休日

# おばけ屋敷はNGです

今日は、日曜日。

そして……LOSTのみんなとの約束の日だ。

待ちに待ったこの日がやってきて、私は朝からるんるん気分だった。

「遊園地だぁ～！」

目的地に着いて、あたりを見渡しながら目を輝かせた。

都内の有名なテーマパークに、LOSTのみんなで来た。

響くん、蛍くん、仁さん、大河さん、充希さん……そして天聖さんといういつものメンバー。

私にとって、生まれて初めての遊園地！

お仕事で何度か来たことはあるけど、アトラクションには乗れなかったし、プライベートで来たのは初めてだ。

ロケで来た時も、フードの紹介ばかりで遊ぶことはできなかったし……いつか絶対に来てみたいと思っていた。

「よっしゃー！！　全部制覇すんでー！！！」

「おー!!」

響くんもテンションが上がっていて、ふたりで一緒に手を挙げた。

「花恋、そんな楽しみだったのか？」

あんまり楽しそうじゃない充希さんが、不思議そうに聞いてくる。

「はいっ！　私、遊園地に遊びに来たことがなくて……!!」

「……え？　マジで？」

　響くんが、大きく目を見開いた。

　他のみんなも、衝撃を受けている。

　え……そんなに驚く……？

　なんだか、いつもびっくりされているような……。

「忙しかったんやな……」

　響くんが、憐れむように私を見た。

　あはは……。でも、忙しいというよりは、バレたらいけ
なかったから人の多いところにはいかないようにしていた
んだ。

　迷惑になっちゃうし……現役時代は、行きたいところに
もあんまりいけなかった。

「あ？　なんで忙しいになるんだよ」

　充希さんが、響くんの言葉に首をかしげている。

　……ぎ、ぎくっ……！

　そんな漫画さながらの擬態語が鳴りそうになった。

　ま、まずい……！　確かに、今の発言はおかしかったか
もしれない……！

「い、いや、なんもないっす!!」

　響くんがすぐにごまかして、あははと笑う。

「は、早く回りましょ！」

「そ、そうだね！」

　あ、危ない危ない……。

　これ以上、カレンだってことはバレないようにしな
きゃいけないから……ボロは出さないように気をつけな

きゃ……！

「何から乗りたいんだ？　俺が付き合ってやる」

　充希さんが、私の肩を組んだ。

「おい、離れろ」

　わっ……！

　天聖さんに手を引かれ、抱き寄せられる。

　天聖さんに肩を抱かれる形になり、至近距離にドキッと胸が高鳴った。

　……あれ？

　どうして充希さんには何も感じないのに……天聖さんにはドキッとするんだろう……？

「花恋の隣は俺なんだよ!!」

「どこに行く？」

　怒っている充希さんを無視して、天聖さんがそう聞いてくる。

　ええっと……！

　私はマップを開いて、行きたいところを探した。

　どうしよう……全部乗りたいから……行きたいところ、選べないっ……。

　うーん……と考えていると、天聖さんがマップを覗き込んだ。

「順番に回るか」

「はいっ……！」

　笑顔で頷いて、みんなでアトラクションを目指して歩き出した。

「うわ～!!」

　アトラクションに乗りながら遊園地内を回る。いろんな世界がモチーフになっていて、パステルカラーのエリアが目に入った。

　可愛らしいアートや、綺麗な花畑が視界に映る。

「見てください!!　綺麗……!!」

　なんだか、別世界に来たみたい……!!

　目に映るもの全部に驚いて、感動して、楽しくて仕方がない。

「はしゃぎすぎ……可愛いけど……」

「くっ……遊園地にはしゃぐカレン……」

「蛍くん？　響くん？　頭を押さえてどうしたの？　もしかして体調がすぐれない？」

「い、いや……なんもないで！」

「……い、いつも通りだ」

「……？」

　何もないならいいけど……ほんとに大丈夫かな？

　心配になりながらも、アトラクションを回っていく。

「それじゃあ、次はホラーハウスか」

　仁さんの言葉に、ぎくりと身体が強張った。

　ホラーハウスって……お、おばけ屋敷……!!

　さーっと、血の気が引く。

「……あ、そういや花恋おばけ苦手やったでな？」

　前に話したことを覚えていたのか、響くんが心配そうにこっちを見た。

「だ、大丈夫……！」

　せっかく来たんだもん……全部制覇したい……！

　この時、謎のプライドが、私に誤った選択をさせた。


　みんなに心配されながらも、入り口までやってきた。

　大丈夫……作りものだから、大丈夫……！

「こちら、２名様ずつの入場となっております」

　入場数に制限があるんだ……。

「てことは、２、２、２、１で分かれないとっすね。お！
あみだくじのアプリあるっすよ！」

　響くんがテキパキと用意してくれて、みんなでくじを引
いた。

　結果は……響くん蛍くんペア。大河さん仁さんペア。そ
して充希さんと私。天聖さんはひとりになった。

「フッ、やっぱり俺は持ってるんだよな」

　充希さんが、なぜか高笑いしている。

「……花恋、何かあれば叫ぶんだぞ」

　心配そうに見つめてくる天聖さんに、こくりと頷いた。

「全然怖くなさそうだな」

　順番になって中に入ったけど、もうすでに私は帰りたく
なってきた。充希さんは余裕そうで、まったく怖がってい
る様子はない。

　く、暗い……なんだか物騒な置物もたくさんあるし……

こ、怖いよ……。

「うぉおおおお!!」

　おばけ役の人が、大声をあげながら出てきた。

「……なんだこれ、子ども騙し──」

「きゃぁああああ!!!!」

　恐怖のあまり、両耳を押さえてその場にしゃがみこんだ。

　だ、ダメダメダメダメッ……!

「花恋……お、落ち着け」

「いやぁ──!!　こ、来ないで……!!」

「大丈夫だ、怖くねぇから」

　充希さんが背中をさすってくれているけど、怖くて顔を上げられない。

「む、無理です、無理ですっ……!!」

　誰か、助けてっ……。

　やっぱり……は、入るんじゃなかったっ……。

「……ったく、そこまでビビりだとは思わなかった」

　充希さんの声が聞こえたと同時に、体がふわりと宙に浮いた。

　えっ……?

「ほら、出口まで連れて行ってやるから」

　抱っこされたのだと気づき、恐る恐る目を開ける。

「み、充希さんっ……」

「どうした?　怖いか?」

　さっきよりは、平気だけど……。

「こ、怖いです……充希さんっ……」

　震えが止まらなくて、視界をふさぐように充希さんの胸に顔を押し付けた。

　たびたび聞こえる悲鳴に、耳をふさぐ。

「俺がついてるからへーきだって。ふっ、こんなんでビビるとか可愛いな」

　ちゅっというリップ音と共に、おでこに伝わった感触。

　恐怖でいっぱいいっぱいで、何をされたかもよくわからなかった。

「うがぁあああ!!」

「ひゃぁっ……!」

　うう、もうやめて……っ。

　精一杯の力で、充希さんにしがみついた。

「あー……、おばけ屋敷めっちゃ楽しいな。もう1周してぇ」

　とんでもないことを言い出す充希さん。私は抱きつきながら、首を横に振った。

「む、無理ですっ……」

「ん、可愛いから許してやる」

　充希さんの声は私とは裏腹にご機嫌だった。

「うわ、もう出口かよ」

「え……!」

　やっと……!

「まだ出たくないな……ちょっと引き返すか」

　せっかく希望が見えたのに、また恐怖の底に落とされる。

「い、嫌です……!　意地悪しないでくださいぃ……」

　もう、1秒でもいたくないっ……。

「花恋……!」

　……そう思った時、離れたところから声がした。

「天聖さん……！」

　駆け寄ってきてくれた天聖さんが、私に手を伸ばしてくれる。

　私は充希さんから離れて、天聖さんに抱きついた。

「お、おい……！　てめぇ……！」

「大丈夫か？」

　天聖さんに抱っこされ、ぎゅううっとしがみつく。

「早く出たいですっ……」

「ああ、つかまってろ」

　出口まで走ってくれているのがわかって、たくましい腕の中で安心感に包まれた。

　天聖さんが来てくれたなら……もう平気だ。

「おまっ……待ちやがれ！　花恋、こっち来い!!」

　後ろから、充希さんが追いかけてきている足音が聞こえたけど、私は天聖さんにしがみついた。

「み、充希さんは意地悪するから嫌ですっ……」

　さっき、引き返そうかななんて怖いことを言っていたから……し、信用できないよっ……！

「も、もうしねーって……！」

　充希さんは必死に訴えてきたけど、私は天聖さんから離れなかった。


　や、やっと出られたっ……。

　視界が明るくなって、顔を上げる。

「おいお前!!　ずるいだろ!!」

　後ろにいる充希さんは大そう怒っていて、天聖さんに文
句を言っている。
「おーおー、騒がしいけどどうしたの」
　先にゴールしていた仁さんと大河さんが、怒っている充
希さんを不思議そうに見ていた。
「くじで負けたくせに、こいつが花恋奪いやがったんだ
よ!!」
「花恋も嫌がってただろ。……お前、何した」
「なんもしてねーよ!」
　怒っている充希さんにため息をついて、私の顔をそっと
覗き込んできた天聖さん。
「大丈夫か?」
「は、はいっ……ありがとうございましたっ……」
　天聖さんが来てくれて……よかったっ……。
　充希さんも守ってくれたから感謝はしているけど……意
地悪されたのは怖かったよっ……。
「ちっ……邪魔ばっかしやがって……」
　文句を言ったあと。「花恋、またおばけ屋敷入ろうな」
と言っていた充希さん。
「み、充希さんとは入りませんっ……」
　そういえば、充希さんはショックを受けたように固まっ
てしまった。
「花恋が拒否するなんて、珍しいね……」
「お前、何をしたんだ……」
　もうおばけ屋敷は一生入らない……と、心に誓った。

「ジェットコースター……！」

アトラクションを半分くらい制覇した時、目に入った大目玉。

小さいジェットコースターはいくつか乗ったけど、こんなに大きいのは初めて。

おばけは怖いけど、高いところは好き。

お仕事でスカイダイビングをした時もすごく気持ちがよかったし、高一いジェットコースターもいつか乗ってみたいとずっと思っていた。

ジェットコースターは横1列4人までらしく、前の列に響くん、蛍くん、充希さん、仁さん。そして後ろの列に大河さん、私、天聖さんという順番になった。

「俺が花恋の隣だっつったろ！」

「はいはい、おとなしくして。これ以上だだこねたら花恋にもっと嫌われちゃうよ」

「……」

仁さんになだめられ、おとなしく座った充希さん。

さっき、言い過ぎちゃったかもしれない……あとで謝ろうっ……。

「それでは、いってらっしゃいませ！」

スタッフさんの合図で、ジェットコースターが出発する。

うわ〜！　少しずつ上がっていくことにワクワクして、目を輝かせた。

……あれ？

大河さん……顔色がよくないような……。

　　隣の大河さんが目に入って、元気がないことに気づいた。

「大丈夫ですか？」

　　声をかけると、ハッとした表情になった大河さん。

「ん？　ああ……平気だ」

　　笑顔はいつも通りだったけど、手が少しだけ震えている。

　　もしかして大河さん……絶叫系は苦手……？

　　大河さんも手が震えていることに気づいたのか、恥ずか
しそうに苦笑いしていた。

「俺もこういうものには、あまり触れる機会がなかったか
らな……緊張しているのかもしれない」

　　大河さんはいつも平常心というか、テンションが一定で
表情も変わらないから意外だった。

「大丈夫です」

　　少しでも不安が治ればいいなと思い、そっと手を添えた。

「……っ」

　　途端、大河さんの目が大きく見開かれた。

　　……ん？

　　何やらとても驚いている姿に、首をかしげる。

　　手が触れたから驚いているわけではなさそうだし……私
はいったい何に驚いているのか、わからなかった。

「ああ……ありがとう」

　　心配になったけど、大河さんはすぐにいつも通りの表情に
なった。

　　手の震えも、治っていて、よかったと安心する。

「もう落ちますよ……！」

「あ、ああ……」

「一緒に叫びましょう！」

　3、2、1……。

　心の中でカウントダウンをして、カウントがゼロになる。

　初めてのジェットコースターは、想像の何倍も爽快（そうかい）な気

分を味わえた。

## 大河さんのお願い

「花恋、疲れてないか？」

　天聖さんが、心配そうにそう聞いてくれる。

「はいっ……！　とーっても楽しいです！」

　楽しすぎて、疲れなんてまったく感じないくらい……！

　ジェットコースターのあとも、いくつものアトラクションを乗った。

　さっきのコーヒーカップも楽しかったなぁ……。

「あ！　次あれ行きましょうよ！」

　響くんが、指を差した先を見る。

　あれは……急流すべりみたいなものかな？

　滝の上から滑り落ちているアトラクションに、目を輝かせる。

　あ……で、でも、洞窟の中を進むんだ……ちょっと怖そうっ……。暗い所や密室は苦手だから、少し不安になった。

「大河、どうしたの？」

　仁さんの声が聞こえ、振り返る。

　え……？

　大河さんのほうを見ると、口元を押さえて立ち止まっていた。

「……気持ち悪い」

　吐き気を堪えているのか、うつむいている大河さん。

「え……大丈夫？」

「おい、こんなとこで吐くなよ」

　言葉はきついけど、充希さんも心配しているのか珍しく焦った顔をしていた。

「悪い……俺は少し休む……」

　私も大河さんに駆け寄り、顔を覗き込む。

　真っ青っ……。

「お前たちだけで行ってきてくれ……」

「俺たちも付きそうよ」

「いや、気にしなくていい……うっ」

　相当気持ち悪いのか、えずいている大河さん。

「私も大河さんと一緒にいます！　あの乗りもの、ちょっと……こ、怖いので」

　そう言えば、仁さんは「うーん……」と悩んでいる。

「俺と花恋がいる。お前たちは行ってろ」

　天聖さんが、大河さんの背中に手を添えた。

「わかった。それじゃあ俺は響たちについていくよ。終わったら戻ってくるね」

　近くのベンチに、大河さんを誘導している天聖さん。

「天聖と大河はまかせるよ、花恋」

「はい！」

「ほら、充希も行くよ」

　仁さんは、連行するように充希さんの腕をつかんだ。

「俺は花恋といる」

「ダメ。天聖と充希が一緒にいたら喧嘩になるでしょ」

「離せ……！」

　引きずられるような形で、充希さんもアトラクションの
ほうに行った。


「水を買ってくる。座ってろ」
　ベンチに大河さんを座らせた天聖さんは、そう言ってお
水を買いにいった。
「大河さん、大丈夫ですか？」
「ああ……」
　座って休んで、少しはマシになったのか、吐き気は引い
たみたいだった。
「悪かったな。俺に付き添わせて……」
「いえ、本当に怖かったので、むしろ助かりました」
　大河さんは私を見て、ふっと笑う。
「お前はいつも優しいな」
　私なんて、全然優しくないと思うけど……。むしろ、優
しいのは大河さんのほうだと思う。
　大河さんは……なんというか、一度も私に"敵意"を向
けてこなかった。
　響くんと蛍くんでさえ、最初は私のことを警戒していた
ように思うし、仁さんもフレンドリーに接してくれていた
けど見定めるように私を見ていた。
　でも……大河さんからはそういうのを感じなかったし、
多少は警戒されていただろうけど……元々他人のことを疑
うことが苦手な人なんだろうなって……勝手に思っていた
んだ。

　大河さんは誰に対しても態度が一緒だし、人のことを正当に評価してくれる人。

　とても人格者な人だと思っているし、大河さんのことを尊敬している。

「うっ……」

「だ、大丈夫ですか？」

　再び吐き気に襲われたのか、口を押さえた大河さん。

「す、すまない……平気だ……」

　ふぅ……と、呼吸を整えるように息を吐いている。

「ジェットコースターとやらはいけたが……さっきのコーヒーカップとやらが胃にきた……」

「あはは……響くん、すごい勢いで回してましたもんね」

　またあみだくじをした結果、大河さんは響くんとペアになっていて、目にも追えないようなスピードで回っていた。

　確かに、あれは酔いそうだったなっ……。

「天聖さんがすぐに水を持って戻ってきてくれますよ」

　笑顔でそういえば、大河さんは何やらキョロキョロとあたりを見渡した。

　まるで……天聖さんが帰ってきているかを確認するみたいに。

「花恋……少しいいか」

　……え？

　まだ顔色が悪い中、口を開いた大河さん。

「頼みたいことがあるんだ」

　頼みたいこと？　私に……？

　なんだろうと思い、大河さんの次の言葉を待つ。
「来週の日曜日……一緒に、俺の実家に来てほしい」
　大河さんは真剣な表情でそう言った。
　大河さんの……実家!?
　ど、どうして？
　突然の提案に、動揺を隠せない私に……。
「そこで……交際しているフリをしてくれ」
　続けざまに放たれた、とんでもないセリフ。
「……へ？」
　……ま、待って待って。
　交際って……付き合っているフリってことだよね……!?
「頼む……お前にしか頼めないんだ」
　まったく意味がわからない私に対して、頭を下げてくる
大河さん。
「さっき……触れて確信した」
　さっきというのは多分、ジェットコースターの時のこと
かもしれない。
　あれで確信したって……ダメだ、ますます意味がわから
ない。
「あ、あの、ちょっと意味がわからなくて……」
　わかるように説明してもらおうと思ったけど、大河さん
がハッと顔色を変えた。
「天聖が戻ってきた……」
　大河さんの視線の先を見ると、こっちに向かって歩いて
きている天聖さんの姿が。

「このことは他言無用で頼む。天聖や充希に知られたら却下<sup>きゃっ</sup>されるだろうからな。今日の夜、くわしいことを電話で伝えさせてくれ」

「えっと……は、はい！」

　わからないけど、天聖さんに聞かれたらまずいってことだよね……。

　天聖さんにも内緒で私に相談するなんて……緊急事態なのかもしれない。

　大河さんにはいつもお世話になっているし、とりあえず話を聞かなきゃ。

「……飲め」

　戻ってきた天聖さんが、大河さんにペットボトルに入ったお水を渡した。

「ああ、ありがとう」

　それを受け取り、飲んでいる大河さん。

　さっきの話は……一旦<sup>いったん</sup>忘れよう。

「花恋」

　天聖さんに名前を呼ばれ振り向くと、目の前に差し出されたドリンク。

「えっ……！」

　これは……名物のスペシャルチョコレートドリンク……！

　可愛いキャラクターの容器に入っている特製ドリンクで、さっきマップを見ていた時に載<sup>の</sup>っていた。

　飲んでみたかったけど、値段が高くて諦めたんだ。

「さっき見てただろ。売ってたから買った」

　見ていたことに気づいていたのか、天聖さんの気遣いに
不覚にも胸が高鳴った。

　それに……こんなに可愛い入れものに入っているから、
買うのも恥ずかしかったと思うのに……。

　微笑みながら差しだされたそれを受け取って、お礼を
言った。

「あ、ありがとうございます……！　あの、お金……」

「このくらい気にするな」

「でも……」

「お前が喜んでくれたならそれでいい」

　天聖さん……。

「ありがとうございます……！」

　ありがたく受け取って、ひと口飲んでみる。

　んー……！　甘くて冷たくて、美味しい……！

「うまいか？」

「はいっ……！」

　うなずいて笑顔を返すと、うれしそうに私の頭を撫でて
きた天聖さん。

「そうか」

　その笑顔に、心臓がキュンと音を立てた。

　い、今の笑顔は、ずるい……。

　恥ずかしくて、慌てて視線をそらした。

## 切実な願い

【side 天聖】
「はぁ〜、楽しかった〜」

　満面の笑顔を浮かべている花恋を見て、俺もだらしなく口元が緩む。

　わざわざ人の多い休日に出かけるなんて、普段の俺ではありえないが、花恋が望むならどこにでも連れて行ってやりたいと思った。

「そろそろ帰ろっか」

　園内で夕食をとって、時刻はもう7時を過ぎていた。

「俺の家の車に迎え頼んでるから、4人と3人で分かれて乗ろっか」

　仁が車を手配してくれていて、二手に分かれる。

「充希と天聖は混ぜるな危険だから、俺と大河と充希はこっちに乗るよ」

「おい！俺は花恋と乗んだよ……!!」

「はいはい、おとなしくして」

　仁が邪魔者を連れていってくれたおかげで、俺は後ろの車に花恋と乗り込む。

　俺と花恋が一番後ろに乗り、その前に響と蛍が乗り込んだ。

「ひ、広い車ですね」

「いや、普通やろ」

　驚いている花恋に、響が平然と返している。
「ふ、普通ではないと思う……」
　苦笑いを浮かべている花恋は、落ちつかないのかそわそわしている。
　車が動き出してすぐ、俺は花恋の様子がおかしいことに気づいた。
　ん……？
　何度も目を瞬かせて、うとうとしている花恋。
　俺はそんな花恋の頭に、そっと手を置いた。
「疲れたか？」
　珍しく眠そうだ。
「走り回ったので、眠くなってきました」
　いつもよりも目尻が下がっていて、相当眠気に誘われているらしい。
　確かに、今日はずっと走り回っていたし、子供のようにはしゃいでいた。
　はしゃぐ花恋は終始可愛くて、俺は癒されたけど、あのペースを続けていたからさぞ疲れたんだろう。
「家についたら起こしてやるから、寝ればいい」
　俺はそう言って、花恋の体を自分のほうに寄せた。
　最初は起きていようと頑張っていた花恋も、もう眠気が限界に達したのか、規則正しい呼吸の音が聞こえてきた。
「花恋寝たっすか？」
　前から身を乗り出してこっちを見ている響。
「ああ」

「はしゃいでたっすもんね〜」

　眠っている花恋を見ながら、笑っている。

「ははっ、ぐっすりっすね」

　響の表情が……段々と、真剣なものに変わった。

「天聖さん……実は……俺、話さないといけないことがあります」

　いつもヘラヘラしている響が、珍しく顔を強張らせている。

「……なんだ」

　なんとなく、こいつが何を言おうとしているのかはわかっていた。

「俺……花恋のこと、好きになりました」

「俺も、です」

　黙っていた蛍まで、振り返って俺のほうを見た。

「……そうか」

　……そんなことは、言われなくても知ってる。

「怒らないん、ですか……？」

　恐る恐る、そんなことを聞いてくる響。

「正体がバレたとは聞いてる」

　そしてそれを聞いた日から、お前たちの態度が変わったこともわかっていた。

「もちろん、それも理由のひとつではあるんですけど……実は、少し前から花恋に惹かれてて……」

　アイドルの "カレン" だから好きになったわけではないと言いたいのか、響が重い口調で話している。

「長王院さんの気持ちを知っておきながら……すみません」

　その謝罪に、正直腹が立った。

「謝るくらいなら、諦めろ」

　俺の言葉に、響と蛍が肩を震わせた。

　すみませんって……一体何に対しての謝罪だ?

「諦められないなら謝るな」

　俺に気をつかっているつもりなのか。中途半端な気持ちで、花恋を好きだとほざくこいつらに苛立った。

「人を好きになることに、誰かの許可なんか必要ない」

「長王院さん……」

　遅かれ早かれ……こうなることはわかっていた。

　俺はずっと前から覚悟している。

　多分、花恋の周りにいる男は、花恋のことを好きになってしまうんだろうと。

　花恋と一緒にいて、好きになるなというほうが不可能だ。

　こんな得難い相手は、世界中どこを探したっていない。

　俺だって惹かれたひとりだからこそ、こいつらの気持ちもわかる。

　気持ちを押し殺そうとしたって……どうあがいても、花恋に惹かれるのはどうしようもないだろう。

　謝られたところで、どうにもならない。

　それに、正直こいつらが花恋を好きだろうがなんだろうが、俺には関係ない。

　俺は花恋が好きで、心底惚れ込んでいる。

　花恋に好きになってもらえるように俺の持っている全て

をかけて尽くす。それだけだ。

　花恋を好きなやつが多いことはわかっているし、嫉妬は
したとしても、俺の自信は揺るがない。

　花恋を一番愛しているのも……一番幸せにしたいと思っ
ているのも、俺だ。

　だから……ライバルが何人いようとどうでもいい。

　花恋は、誰にも渡さない。


　花恋が疲れているから、マンションの前に停めてもらお
うと思ったが、面倒なことになる可能性を考えて駅前で停
めてもらった。

　こいつらには花恋のことがバレていると言っても、同じ
マンションに住んでいることまでは知られないほうがい
い。

「花恋、起きそうにないっすね」

「このまま連れて帰る」

「えっ……こ、このままって……」

　俺は花恋を抱えたまま、車から降りた。

「か、抱えて帰るんっすか？」

「起こすのはかわいそうだからな」

　上着を花恋にかけて、周りから寝顔を見られないように
した。

「それじゃあ……また」

「ああ」

「……長王院さん」

　帰ろうとしたとき、蛍に引き止められた。

「……ありがとうございます」

「……」

「俺も……許してくれて、ありがとうございます……」

　響まで頭を下げだして、再びふたりに背を向ける。

「謝罪も礼もするな。言っておくが、花恋に何かしたらお前たちでも容赦しないからな」

　このふたりは花恋の嫌がることはしないだろうが、一応そう言って俺はその場を去った。


　マンションについて、エレベーターに乗る。

　すると、花恋が身をよじった。

「あ、れ……？」

　起きたか……？

「て、天聖さん……？って、え……！」

　状況がわからず一気に目が冴えたのか、パニックになっている花恋。

　ちょうど階に止まり、エレベーターを出てから花恋を下ろした。

「悪い。車から降りてそのまま連れてきた」

「わ、私のほうこそ、爆睡しちゃってすみません……！」

　状況が読み込めてきたのか、花恋が深々と頭を下げた。

「気にするな。帰ったら、ゆっくり休めよ」

　小さな頭を撫でると、花恋が笑顔で頷いた。

「はい……！　天聖さんも、休んでくださいね」

　共用廊下を歩き、家の前で立ち止まる。

　手を振って家に入ろうとした花恋は、なぜか扉を閉める前に俺のほうを見た。

「あの……今日はいろいろと、ありがとうございました」

　花恋は些細なことでも、毎回お礼を言ってくる。

　俺は好きでついて行ったし、好きで花恋といるというのに、律儀なやつだなと思う。

「天聖さんのおかげで、とっても楽しい日になりましたっ……」

　これでもかというほど、嬉しそうに微笑んだ花恋。

　俺も久しぶりに人混みに飲まれて疲れていたけど、その笑顔で全て吹き飛んだ。

「それじゃあ、おやすみなさいっ」

　笑顔を残して、家に入って行った花恋。

　何度見ても、あの笑顔には慣れない。

　可愛すぎて、毎回心臓がやられている。

『俺……花恋のこと、好きになりました』

　さっき、響と蛍に言われたことを思い出した。

　花恋のことが好きなやつが何人いても構わないという考えは変わらないが、俺以外もこの笑顔を向けられていると思うと、嫉妬せずにはいられない。

　頼むから……早く俺のものになってくれ。

　心の底から、そう願った。

## 恋人役、任命！

　遊園地を出て車に乗ったところまでは覚えているけど、そのあとの記憶がなかった。

　私は車の中で爆睡してしまっていたらしく、気づいたら天聖さんに抱えられてマンションにいた。

　家について、ソファにダイブする。

　天聖さんに申しわけないことしちゃったなっ……。

　楽しかった……。あ、みんなにも連絡しておこうっ。

　蛍くんと響くんにもバイバイできなかったから、【今日はありがとう！】とメッセージを送った。

　よし、お風呂に入って、今日はもう寝よう。

　さっきも寝ていたけど、まだまだ眠気が強い。

　今日はたくさん動いたから、ぐっすり眠れそうっ……。

　遊園地、楽しかったなぁ……。

　アトラクションも全部制覇できたし、スイーツもフードもとっても美味しかったっ……。

　何より、LOSTのみんなと遊びに行けたのがすごく楽しかった。

　お風呂から出て、そのままベッドに横になる。

　またみんなで、どこかに行ったりしたいなぁ……。

　──プルルルルル。

　うとうとと眠気に誘われていた時、着信の音が響いてハッと現実世界に引き戻された。

　慌てて画面を見ると、表示されていたのは「大河さん」の名前。

　あっ……そういえば、電話するって言ってた……！

　さっき言われたことを思い出し、すぐに電話に出た。

「もしもし」

『夜遅くに悪いな。さっき話した件で電話させてもらった』

　交際してるフリをしてほしいっていうお願いのことだ……。

　あれは、本当にどういうことなんだろう？

『実は……俺は、女性が苦手なんだ』

　大河さんの告白に、「えっ」と驚いて声が漏れた。

　知らなかった……。

　女性が苦手ってことは……一応私もダメってことだよね……？

『会話をする程度なら平気なんだが……触れられると、拒絶反応が出る』

　確か、正道くんも触れられたら鳥肌が出るって言っていた……。

　そんな状態だったら、今までさぞ大変だっただろうと同情してしまう。

『だが……花恋に触れられた時は平気だった』

　そういえば……ジェットコースターで手を握った時、とくに何の反応も起きていなかった。

　大河さんはいつも通りだったし……。

『さっき……触れて確信した』

　大河さんが言っていたあの言葉は、そういう意味だった

んだ。

『どうやら、花恋に対しては拒絶反応が出ないらしい』

　大河さんに女性として見られてないからってことかな？
喜んでいいのかわからないけど、拒絶反応が出なかったこ
とはうれしい。

『そこで、本題なんだが……』

　大河さんは重い口調で、説明しはじめた。

『俺の家には先祖緒代々受け継がれているしきたりがあっ
てな……そのせいで、早く婚約者を見つけろと急かされて
いるんだ』

　しきたりっ……。そういうのって、本当に存在するん
だ……。

　高校生なのに、婚約を急かされるなんて……やっぱり、
大河さんや、ほかのみんなもそうだけど、私と別世界に住
んでいる人みたい。

『だが、俺はできる限り女性と接する場には行きたくない。
見合いの話も、できれば断りたいんだ』

　女性が苦手なら、当然だよね……。

　なんとなく、大河さんが言いたいことがわかってきた。

「つまり……私と付き合っていることにして、お見合いの
話を断りたいってことですか？」

『話が早くて助かる。そういうことだ』

　なるほど……。

　拒絶反応が出ない私なら、何かあってもごまかせるって
ことかな。

『実は、両親には恋人がいるから今後見合い話はもってこ
ないでほしいと話したんだ。だが、相手に会わせろと言わ
れてな……どうやら、俺は信頼されていないらしい』

　信頼されていないというより、純粋にご両親も心配して
いるのかな。

　きっとご両親なら、女性が苦手なことだって知っている
だろうし……。

『面倒な頼みだとは思うが……どうか、日曜日だけ付き合っ
てくれないか……？』

　申し訳なさそうに、頼んできた大河さん。

「任せてください！　大河さんのお願いなら、喜んで引き
受けます！」

　交際しているフリなんて、バレないか心配だけど、大河
さんのお願いなら、断る選択肢はない。

　いつもすごくお世話になっている、優しい先輩の頼みな
んだから！

『ありがとう……』

　スマホ越しに、大河さんの安心したような声が聞こえた。

『さっきも伝えたが、天聖や充希……いや、他のやつに
は他言しないでほしい。面倒なことになりそうだから
な……』

「わかりました！」

　きっとみんな事情を話せばわかってくれると思うけど、
大河さんが言いたくないなら秘密にしなきゃ。

『本当に助かる。この礼はまた改めてさせてくれ』

「いえ！　大河さんにはいつもお世話になっているので、
お礼なんて必要ないです」

　というか、このくらいで日頃のお礼ができるならお安い
御用だ。

『……花恋がいてくれてよかった』

　そんなふうに言ってくれる大河さんに、笑顔が溢れた。

『今度、俺がおすすめの料亭に連れて行こう』

「いいんですか……！」

『ああ。甘味処も探しておく』

　大河さんのおすすめのお店なんて……絶対に美味しいに
決まってる……！

『それじゃあ、来週の日曜日。頼んだ』

「はい！」

「おやすみなさい」と言って、電話を切った。

　なんだか、とんでもないことになったなぁ……。

　まさか大河さんの恋人役をすることになるなんて……。

　でも、大河さんに頼ってもらえたのは純粋に嬉しい。

　大河さんのお家って、なんだかすごそうで気後れしてし
まいそうだけど……アイドル時代に培った演技力を生かし
て頑張ろう……！

　来週の日曜日、頑張るぞ……！

　ふぁ……それにしても、もう限界だ……。

　私は睡魔に負けて、そのまま深い眠りに落ちた。

## 悲しい過去

　日曜日の朝、私は……朝からひどく緊張していた。

　当日になって怖じ気づくのはどうかと思うけど……改めて考えてみると、私は大河さんのご両親に“恋人”として認めてもらえるんだろうか……。

　変装は外せないから、これ以上着飾ることもできないし、こんな地味な格好で行ったら引かれるかもしれない。

　それに……大河さんのご両親って、厳しそうなイメージがあった。

　引き受けたはいいけど……こんな子は認めません！って追い出されたらどうしようっ……。

　朝からひとり、ビクビク怯えながら大河さんを待つ。

　さすがにマンションに迎えにきてもらうわけにはいかなかったから、駅前で待ち合わせにしてもらった。天聖さんの隣に住んでいることは、内緒だから。

　……あれ？

　目の前に、真っ黒の大きな車が止まった。

　いわゆる……リムジンだと思う。

　いったいどんな人が乗っているのだろうと開いたドアを見ると、その先から出てきた人の姿に私は目を見開いた。

「花恋、待たせてすまない」

　た、大河さん……!?

「い、いえ……」

「ほら、乗ってくれ」

　招かれるまま、ゆっくりと車内に足を踏み入れる。

　え、えっと……。

　座るのが怖くなるくらい見るからに上質そうなソファ。

「どうした？　座らないのか？」

「は、はい……！　失礼します……！」

　恐る恐る座ると、見た目に反して柔らかく、とても座り心地がいい。

　こ、これ、本当に車の中……？

　ドリンクサーバーまであるし……わ、私が知ってる車じゃない……！

　リムジンには撮影で何度か乗ったことかあったけど、こんな豪華な内装ではなかった。

「あ、あの……このお車は……？」

「自家用車だ。父が俺に用意してくれた」

　じ、自家用車……。

　リムジンを普段使いしている人、初めて見た……。

　この前遊園地に行った時、仁さんの車も大きかったけど……みんな平然としていたから、これがみんなの普通なのかもしれない。

　次元が違いすぎるよっ……。

　大河さんのお家、ますます怖くなってきたっ……。

　私は恐れを抱きながら、車に揺られていた。

「どうした？　緊張しているのか？」

「は、はい……」

276

「大丈夫だ。俺の両親は普通の人だ」

　ぜ、絶対に普通じゃない……。

　というか、多分大河さんの普通と私の普通は噛み合わないっ……。

　でも、引き受けたからには逃げるなんてことしたくないし……なんとか作戦がうまくいくように、一生懸命頑張ろうっ……。


「ここだ」

「え……」

　車を出て、目に飛び込んだ光景に驚いて立ち尽くしてしまった。

「こ、ここは、家なんですか……」

　これは……とてもじゃないけど家と呼んでいい建造物ではない。

　世界遺産に登録されていてもおかしくないような、立派なお城だった。

　お城といっても、洋風のものではなく、日本の城のような建造物。

　ずらりとこれまた重厚な塀に囲まれているそのお城は、どこまで続いているかわからないくらい広い。

「あぁ、家だが……何をそんなに驚いているんだ？」

　私が驚いている理由を本気でわかっていないのか、不思議そうにしている大河さん。

　大河さんにとっては、これが普通なんだな……あは

は……。

「これは……世間一般の家とはかけ離れています……」

「そうか……？　他のやつらの家もこのくらいだ。天聖に関しては、俺の家の倍はあるな」

「ひっ……」

　ば、倍って……。

　1周回って怖恐しくなってきて、情けない声が漏れた。


「おかえりなさいませ、大河様」

　ひっ……！

　再び情けない声が漏れそうになったけれど、なんとか堪えた。

　玄関……と呼んでいいのかもわからないけど、入るなり盛大なお迎えを受けた。

　ずらりと並んだ人たちは……お家のお手伝いさんたち……？

　ぺこぺこと頭を下げながら大河さんについて行く。

　お城……もとい大河さんのお家は内装も、見た目だけではなく現実離れしていた。

　どこの高級旅館ですかと聞きたくなるような玄関の広さと、いくらするのか考えただけで頭が痛くなりそうな絨毯が廊下一面に敷かれている。

　そして、ところどころにある何をモチーフにしているかわからないインテリアは、銀一色や金一色の豪華そうなものばかり。

　どこか別の世界に迷い込んでしまったような気分にすら
なってきて、長時間いたらおかしくなりそうだ。

　全体的には和で統一されて落ち着いているんだけど、置
いているものがギラギラで派手すぎるっ……。

　大河さんが大きな襖の前で足を止めた。

「花恋、入るぞ」

　この扉の向こうに、大河さんのご両親が……。

「は、はいっ……」

　心臓が緊張のあまり、バクバクしている。

「失礼します」

　先に大河さんが入って、私も深呼吸をしてから中に入ら
せてもらった。

「し、失礼します……！」

　頭を下げて、大河さんについて行く。

　広い部屋の奥に、座っていたふたりの人物。

　このおふたりが……大河さんのご両親……。

　お父さんは、きりっとしていて、見るからに厳格そうな
人。

　年齢は……40代から50代くらいに見える。

　お母さんのほうは、とても綺麗な人で……まだ30代く
らいに見えた。大河さんくらいの子供がいるとは思えない
ほど若く、まとめている髪も艶やかでお肌もツヤツヤだ。
大和撫子という言葉を体で表したような美人。

　ふたりとも和装に身を包み、美しい姿勢で部屋の奥に鎮
座している。

「父さん、母さん、今帰りました」

「久しぶりだな、大河」

　きりっとした情を崩さずに、お父さんが口を開いた。

　ひっ……や、やっぱり、見た目通り厳しそうな人っ……。

「……そちらが、お付き合いされている方?」

「はい。花恋、こっちへおいで」

　大河さんに呼ばれるがまま隣に行き、座布団に座らせて
もらった。

　落ちつけ私……。演技するんだ……。

　私は今、大河さんの恋人。堂々と挨拶しなきゃ。

「初めまして。大河さんとお付き合いさせていただいてい
る一ノ瀬花恋と申します……」

　頭を下げた後、恐る恐る顔を上げる。

　ふたりは……見定めるような目で、私を睨んでいた。

　……お、終わったっ……。

　これはもう、完全に「なんだこの子」の目だっ……。

　お母さんが、私から大河さんに視線を移した。

「こちらの方とはどこで知り合ったの?」

　ど、怒鳴られて追い出されるかもしれないっ……!

「学内で会いました。彼女も星ノ望学園の生徒です。彼女
は……1年トップの成績を収めています」

　大河さん、力になれずごめんなさい……と、心の中で謝
罪をした時だった。

「まあ……!」

　お母さんの喜びの声に、顔を上げる。

「ほお……！　星ノ望学園でトップとは……すごいじゃないか……！」

　あ、あれ……？

「大河が優秀な相手を連れてきてくれて、うれしいわ……！」

　なぜか、お父さんもお母さんも目を輝かせて私のほうを見ていた。

　こ、これは……。

「真面目そうな女性だ。わたしは快く迎えよう」

「花恋さん、どうぞ大河をよろしくお願いしますね」

　冷たい空気から一転、なぜか歓迎されている状況に、私はパニックに陥った。

「わ、私でいいのでしょうか……？」

　思わずそう聞けば、お母さんがにっこりと微笑みかえしてくれる。

「もちろんよ。榊一族に求められるのは、知性ですもの」

　そ、そうなんだ……あはは……。

　これでいいのかわからないけど……お父さんもお母さんもうれしそうだから、私も笑っておこうっ……。


「ちなみに、学校では何を専攻にされているの？」

「１年生なのでまだ専攻が分かれていないのですが、２年からは語学を優先に学びたいと思っています」

「まあ……！　語学力にも長けているなんて……すばらしいわ……！」

　あれから、お母さんたちに質問責めにあった。

　ひとつずつ丁寧に答えていくと、そのたびにお母さんたちは喜んでくれて、さっきとは一転とても和気藹々とした空気が室内に流れていた。

「榊家は代々、18歳の誕生日に婚約発表をするしきたりがあるんです」

「え……」

　お母さんの告白に、驚いて目を見開いた。

　18……？って、大河さんは高校2年生だから、来年には18歳になるよね……？

　もう目前に迫っているのに、こ、こんな嘘ついて大丈夫なのかな……!?

「大河さんは昔から女性が苦手で……どうなるかと心配していたので、あなたみたいな聡明(そうめい)な方を連れてきてくれてうれしいわ」

「大河の代も安泰(あんたい)だな、あっはっはっ」

　え、ええっと……。

　もし嘘だってバレたら、今度こそ追いだされちゃいそうっ……。

　私はふたりに合わせて、笑顔を浮かべるしかなかった。


「はぁ……付き合わせて悪かったな」

　ご両親とたくさん話した後、大河さんが「一度ふたりになりたい」と言い部屋に連れてきてくれた。

「疲れただろう。ここの部屋には誰も入っては来ないから、安心して休んでくれ」

　大河さんの部屋なのか、ふたりでテーブルの前に座る。

　ずっと緊張していたから、肩の力が一気に抜けた。

　部屋が広すぎて、落ち着かないけど……あはは。

「今日は本当に助かった。ふたりとも花恋のことも大そう気に入っていたし、おかげで認めてもらえそうだ」

　安心した表情の大河さんに、私もほっとする。

　けど……ひとつだけ、気になることがあった。

「あの、18歳の誕生日に婚約発表って……」

　大河さんの誕生日は知らないけど……遅くても1年強でその時はやってくるはずだ。

　それまでに……相手を見つけなきゃいけないってことだよね？

「ああ。だから早く相手を見つけろと急かされていたんだ。直前になったら破局したと報告するつもりだから、気にしなくていい」

「でも……そんなの大丈夫なんですか？」

　私の言葉に、大河さんは困ったように笑った。

「さすがに、家のしきたりに背（そむ）くわけにはいかない。そうなれば適当な相手をあてがわれるだろうが……18になったら覚悟を決める」

　そう話す大河さんの顔が、とても苦しそうに見えた。

「勝手に決められた相手と、結婚するんですか……？」

「ああ。決まりだからな」

　決まり……。

「どんな相手でも、受け入れるつもりだ。それが俺の運命

　だろうからな」

　なんだか……とても悲しい。

　愛がない結婚ってことだもん……。

「大河さんは、それでいいんですか？」

　お節介だとわかっていても、そう聞いてしまった。

「榊家に生まれたことは後悔していない」

　そっか……。

　そんなふうに言えるなんて……大河さんらしいな。さっきも思ったけど……きっとご両親のこと、大切に思ってるんだと思う。

　だから、安心させたくて私を連れてきたのかなって……。

「大河さんは真面目ですね」

「真面目なやつは、親を騙したりしないだろうな」

　ははっと、困ったように笑う大河さん。

　こんなに優しい人だから……報われてほしいな。

「18歳までに……大河さんが、本当に好きだと思える人に出会えたらいいですね」

　大河さんには、幸せになってほしいなと心から思った。

「……それは無理だろうな」

　え……？

「女性には……嫌な記憶しかないんだ」

　そう話す大河さんは、さっき以上に悲しそうな表情をしていた。

「花恋には話しておこう。頼みも聞いてもらったしな」

　そう言って、大河さんは話してくれた。

　女性が……苦手になった理由を。

「昔……信頼していた担任に襲われかけたことがあってな」

　……っ。担任の先生に……？

「彼女は、榊の名前に目が眩んだらしい。当時の俺はまだ小学5年の歳だったから、女性というか……大人自体が恐ろしくなった」

　ひどい……。

「その担任を恨んでいるというわけではなくて、その後教員免許を剥奪されたんだ。俺のせいで何もかもを失わせたのだと思うと、どうしようもなく虚しくなった」

　ぐっと、自分の手を握りしめている大河さん。

　その表情は、後悔に苛まれているように見えた。

「家の使用人に同じようなことをされたことも何度もある。榊の名前が欲しい女性は、みんなブランド品を欲するような目で俺を見てきた」

「……」

「それに、俺と仲の良かった女子生徒が嫌がらせの標的になったり……その、女性に対して、いい経験がないんだ」

　大河さんに、そんな過去があったなんて。

「俺に関わった女性は、みんな不幸になる気がして……関わるのが怖くなった」

　大河さんの手が、少し震えていることに気づいた。

　見ているだけで胸が痛んで、悲しみが伝染してくる。

「そう、だったんですね……」

　胸が痛くて、息が詰まって……そんな言葉しか出てこな

かった。

「……悪い。こんな話をするべきではなかったな」

　気を使わせてしまったのか、大河さんがまた困ったように笑っている。

「いえ、そんな……」

「まあ……単純に運が悪かったとも思う。周りに変わった女性が多かったんだろう。大した話じゃないんだ。ただ、俺の精神力が弱かっただけだ」

　大した話じゃないなんて……。女性不信になるには、十分すぎる理由だったのに。

「多かれ少なかれ、LOSTの他の連中も似たような経験があるだろう。あいつらも名家の子息ばかりだからな。俺だけが女性に対して苦手意識をもったということは、俺に原因がある」

　諦めたように、ははっと笑った大河さん。

「俺が精神的に弱かったから、女性が怖くなったんだ。全部俺のせいだ」

「そんなことありません！」

　思わず、大きな声が出た。

　大河さんは驚いた顔で私を見ている。

　ただでさえ辛い思いをしたのに……自分のせいなんて思わないでほしい。

　大河さんは……優しすぎる。

「弱さって……悪いことじゃないですよね」

「え？」

「私は……弱さは優しさだって思っています」

　私は大河さんをじっと見つめて、思っていることを口にした。

「大河さんはきっと関わってきた人たちのことを純粋に信頼して、まっすぐに向き合っていたんじゃないですか？繊細で……真面目だからこそ、深く傷ついてしまったんだと思います」

　純粋で、誰かを深く信じられる人だったからこそ……よりいっそう傷ついたんだ。

「それに……大河さんは誰も責めてないじゃないですか」

　女性が苦手になるくらいひどいことをされたのに、大河さんは責めるどころか、自分に責任を感じている。

　優しすぎて……見ていて辛くなるくらい。

「大河さんが自分のことを弱いって言うなら……それは弱さじゃなくて、優しさですよ」

　だから……自分のこと、そんなに責めないでほしい。

　大河さんの優しさに、救われている人はたくさんいるはずだから。

　仁さんは大河さんのことを一番信頼しているし、天聖さんも充希さんも、大河さんの言葉には反論しない。大河さんのことを信用しているからこそだと思う。

　みんなが大河さんの優しさに救われていること、もっとわかってほしい。

　そんな気持ちを込めて、大河さんに微笑みを向けた。

「そうか……」

　大河さんも、同じように微笑み返してくれる。
「ありがとう。そんなふうに言ってもらえたのは初めてだ」
　その笑顔は……さっきとは違って、うれしそうに見えた。

## 本能

【side 大河】

　始めて、女性嫌いになった理由を他人に話した。

　そして花恋の反応をみて、話してよかったと思っている自分がいた。

　弱さは優しさ……か。

　そんなふうに言ってもらえるとは、思わなかったな。

　自分でも、女性が苦手だという事実を情けなく思っていたから。

　思っていた通り、花恋は両親たちに大そう気に入られ、早く帰してやりたかったが夕食を食べていけと引き留められた。

　食べている間も、両親は花恋にあれこれと質問をし、花恋は少しも嫌な顔をせずに受け答えをしていた。

　両親からしたら……花恋は理想の女性だったんだろう。

「大河さん、今日は泊まっていきなさい」

「え……いえ、明日は学校なので……」

「もう運転手も帰らせたわ。バスもないでしょうし」

　にこりと、悪い微笑みを浮かべている母。

　この人は……いつも手段を選ばないな……。

「花恋さん、着替えを用意するわ」

「あ、ありがとうございます……！」

　母さんが席を外し、花恋に耳打ちする。

「悪い……明日の朝家まで送り届けるから、付き合ってくれるか？」

「はい、私は大丈夫です」

　笑顔でそう言ってくれる花恋に、正直とても救われた。

　花恋が優しいやつで、本当によかった……。

　正直、どうして花恋にだけは拒絶反応が出ないのか、わからなかった。

　女性として見ていないから……と失礼なことも考えたが、そういうわけではなさそうだ。

　多分……花恋が、今まで出会った女性たちと、180度違うからだろう。

　優しくて、温かくて、誰に対しても愛情を持って接している。

　そんな花恋だからこそ……俺も、いつの間にか深く信頼していたのかもしれない。

　最初は天聖に取り入ったんじゃないかと思うこともあったが……疑ったことが申し訳なくなるほど花恋は優しく、純粋な人間だと改めて感じた。

　もし花恋が、天聖の想い人ではなかったら……。

　……って、俺は何を考えているんだ。

　友人の好きな相手だ。略奪なんて、一番愚かな行為。

　いや……まだ正式に付き合っているわけではないから、略奪ではないのか……。

　……っ、だから、どうして奪う前提で考えているんだ。

　俺は……天聖を応援している。

　花恋のことを、好きになることはない。横恋慕なんて考えるな。

　絶対に……そんなことはしない……。


「これはどういうことですか？」

　風呂を済ませて部屋に戻ると、なぜか俺の部屋に布団が敷かれていた。

　……それも、ふたつ並んで。

「恋人同士なら、構わないでしょう？」

　何を考えているんだ、この人は……。

　母は時々思考がぶっ飛んでいるけれど、ここまで強引だとは思わなかった。

　どうやら、相当花恋のことを気に入ったみたいだ。

　ここまで気に入られたら……騙しているのが申し訳なくなってくるな。

「こういうのはやめてください。彼女も戸惑います」

「あら……そこまで嫌がるなんて……」

　じっと、疑うような視線を送ってくる母に、内心焦りを感じた。

　ここで抵抗すれば……疑われるかもしれない。

　母は俺がどれだけ女性が苦手かを知っているし、恋人ができたと話した時もずっと疑っていた。

　せっかく花恋が付き合ってくれたんだ……ここでボロを出すわけにはいかない。

「……そういうわけではありません。……わかりました」
　俺は内心ため息をつきながら、しぶしぶ受け入れた。


「えっと……大河さん、お手伝いさんたちにここに案内さ
れたんですけど……」
　風呂から上がった花恋が、俺の部屋に戻ってきた。
「花恋、すまない……両親がいらない気を使ったようだ」
「え？」
「悪いが、俺の部屋で寝てもらうことになった」
　花恋は俺を見たまま、少しも驚く様子はなく、いつもの
ふわふわした笑顔を浮かべた。
「はい、私は全然平気です」
　平気……。
　どうやら、まったく意味がわかっていないらしい。
　相手が俺だからいいものの、他の男だったらどうなってい
たか……。充希が相手だったら、間違いなく……はぁ……。
　花恋の無防備さに、頭を抱えたくなった。
「むしろ、ひとりで寝ると落ち着かなくて……」
　ふふっと笑って、布団に入った花恋。
　これは、天聖が過保護になるわけだ。
　どうやら、友達の家に泊まるくらいの感覚らしい。
　完全に男として見られていないことを、少し不満に思う
自分がいた。
　とりあえず……花恋も了承してくれたことだし、おとな
しく寝よう……。

今日は疲れたから、さすがにすぐに眠れそうだ。

隣に花恋がいるというのは……若干緊張するが……。

花恋の隣の布団に入り、横になる。

今日は……"メガネ"は外せないな。

「電気、消していいか？」

「はいっ」

ボタンを押し、部屋の電気を消す。

真っ暗で、凝視しなければ花恋の顔もよく見えない。

これなら、緊張もほぐれそうだ。

安心し、俺はメガネをかけたまま目をつむる。

「……あれ？　大河さん？」

「ん……？」

「ふふっ、メガネ外し忘れてますよ」

えっ……。

慌てて、目を開ける。

しまったと思った時には、もう遅かった。

俺のメガネを外し、枕元に置いた花恋。

「おやすみなさい」

暗くてはっきりと顔は見えないが、笑顔を浮かべていることだけはわかる。

……っ、ダメだ……。

──抑え、られない。

自分の意思に反して、体が動く。

気づけば……俺は花恋を押し倒していた。

「大河、さん？」

　やはり、暗くてはっきりと顔は見えない。

　ただ、花恋が驚いていることだけはわかった。

「……お前が悪い」

　逃げてくれ、花恋……っ。

　俺は衝動のまま——自分の唇を、花恋に押し付けた。

【END】

## あとがき

☆ afterword

　このたびは、数ある書籍の中から『極上男子は、地味子を奪いたい。④〜最強男子たちは、独占欲をもう我慢できない〜』をお手に取ってくださり、ありがとうございます！

　全⑥巻の極上男子シリーズは、④巻から後編に突入しました！　天聖の告白から始まり、加速した花恋ちゃん争奪戦を楽しんでいただけていたらうれしいです！

　今回は、響、蛍に正体がバレたり、絹世監禁事件など、天堂、正道以外のキャラクターにも焦点を当ててみました！

　そして、①巻からずっと不仲になっていた陸とついに和解……！　彼のことは執筆中も気がかりだったので、ようやく花恋ちゃんとのわだかまりが解けてなんだか自分のことのようにうれしかったです！

　腹黒王子様キャラの陸くん、毒舌キャラとしてもこれからも活躍していきますので、彼のことも温かい目で見守っていただけると幸いです！

　今後は花恋、響、蛍、陸の１年Ａ組４人コンビで賑やかになりそうです！　みんな花恋ちゃんに片思い中なので、喧嘩も多そうですね……！

　⑤巻では、ラスト目前！ということで、今まで明かされなかった様々な謎が判明します……！

　花恋ちゃんの恋も動き出し、溺愛まみれの一冊に仕上げますので、⑤巻も読んでいただけるとうれしいです！　学生らしい文化祭のエピソードもありますので、花恋ちゃんと一緒に溺愛学園生活を楽しんでください！

　そして④巻のラストの後、花恋ちゃんはどうなってしまうのかもどうぞお楽しみに……！


　最後に、本書に携わってくださった方々へのお礼を述べさせてください！

　胸キュン溢れるイラストをいつもありがとうございます、柚木ウタノ先生。

　④巻を手にとってくださった読者様。いつも温かく応援してくださるファンの方々。

　本書の書籍化に携わってくださったすべての方々に、心より感謝申し上げます！　改めて、ここまで読んでくださりありがとうございます！

　また次回もお会いできることを願っております！


　　　　　　　　　　2021年10月25日　＊あいら＊

**作・＊あいら＊**

ハッピーエンドを専門に執筆活動をしている。2010年8月『極上♥恋愛主義』が書籍化され、ケータイ小説史上最年少作家として話題に。そのほか、『お前だけは無理。』『愛は溺死レベル』が好評発売中（すべてスターツ出版刊）。シリーズ作品では、『溺愛120％の恋♡』シリーズ（全6巻）に続き、『総長さま、溺愛中につき。』（全4巻）が大ヒット。胸キュンしたい読者に多くの反響を得ている。ケータイ小説サイト「野いちご」で執筆活動中。

**絵・柚木ウタノ（ゆずき　うたの）**

3月31日生まれ、大阪府出身のB型。2007年に夏休み大増刊号りぼんスペシャル「毒へびさんにご注意を。」で漫画家デビュー。趣味はカラオケと寝ることで、特技はドラムがたたけること。好きな飲み物はミルクティー！　現在は少女まんが誌『りぼん』にて活動中。

ファンレターのあて先

〒104-0031

東京都中央区京橋1-3-1

八重洲口大栄ビル7F

スターツ出版（株）書籍編集部　気付

＊あいら＊先生

極上男子は、地味子を奪いたい。④
～最強男子たちは、独占欲をもう我慢できない～

2021年10月25日　初版第1刷発行

著　者　＊あいら＊
　　　　©＊Aira＊ 2021

発行人　菊地修一

デザイン　カバー　粟村佳苗（ナルティス）
　　　　　フォーマット　黒門ビリー＆フラミンゴスタジオ

DTP　久保田祐子

編　集　黒田麻希

編集協力　ミケハラ編集室

発行所　スターツ出版株式会社
　　　　〒104-0031 東京都中央区京橋1-3-1　八重洲口大栄ビル7F
　　　　出版マーケティンググループ　TEL03-6202-0386
　　　　（ご注文等に関するお問い合わせ）
　　　　https://starts-pub.jp/

印刷所　共同印刷株式会社
Printed in Japan

ISBN　978-4-8137-1165-0　C0193

# ケータイ小説文庫　2021年8月発売

『イケメン幼なじみからイジワルに愛されすぎちゃう溺甘同居♡』SEA・著

高校生の愛咲と隼斗は腐れ縁の幼なじみ。なんだかんだ息ぴったりで仲良くやっていたけれど、ドキドキとは無縁の関係だった。しかし、海外に行く親の都合により、愛咲は隼斗と同居することに。ふたりは距離を縮めていき、お互いに意識していく。そんな時、隼斗に婚約者がいることがわかり…？

ISBN978-4-8137-1137-7
定価：649円（本体590円＋税10%）

ピンクレーベル

『極上男子は、地味子を奪いたい。③』＊あいら＊・著

元トップアイドルの一ノ瀬花恋が正体を隠して編入した学園は彼女のファンで溢れていて…！暴走族LOSTの総長や最強幹部、生徒会役員やイケメンクラスメート…花恋をめぐる恋のバトルが本格的に動き出す⁉大人気作家＊あいら＊による胸キュンシーン満載の新シリーズ第3巻！

ISBN978-4-8137-1136-0
定価：649円（本体590円＋税10%）

ピンクレーベル

『同居したクール系幼なじみは、溺愛を我慢できない。』小粋・著

高2の恋々は、親の都合で1つ下の幼なじみ・朱里と2人で暮らすことに。恋々に片想い中の朱里は溺愛全開で大好きアピールをするが、鈍感な恋々は気づかない。その後、朱里への恋心を自覚した恋々は勇気を出すけど、朱里は恋々の気持ちが信じられず…。すれ違いの同居ラブにハラハラ＆ドキドキ♡

ISBN978-4-8137-1135-3
定価：649円（本体590円＋税10%）

ピンクレーベル

『余命38日、きみに明日をあげる。』ゆいっと・著

小さい頃から病弱で入退院を繰り返している莉緒。彼女のことが好きな幼なじみの琉生はある日、『莉緒は、38日後に死亡する』と、死の神と名乗る人物に告げられた。莉緒の寿命を延ばすために、彼女の"望むこと"をかなえようとする。一途な想いが通じ合って奇跡を生む、感動の物語。

ISBN978-4-8137-1138-4
定価：649円（本体590円＋税10%）

ブルーレーベル

# 読むたび何度でも恋をする…全力恋宣言！
## 毎月25日はケータイ小説文庫の日♥

**心に沁みるピュアラブやキラキラの青春小説、**
**「野いちご」ならではの胸キュン小説など、注目作が続々登場！**

## ケータイ小説文庫　2021年6月発売

### 『極上男子は、地味子を奪いたい。②』＊あいら＊・著

元トップアイドルの一ノ瀬花恋が正体を隠して編入した学園は、彼女のファンで溢れていて…！　最強の暴走族LOSTの総長や最強幹部、生徒会役員やイケメンのクラスメート…。御曹司だらけの学園で繰り広げられる、秘密のドキドキ溺愛生活。大人気作家＊あいら＊の新シリーズ第2巻！

ISBN978-4-8137-1108-7
定価：649円（本体590円＋税10%）

### 『再会したイケメン幼なじみは、私を捕らえて離さない。』acomaru・著

高校生の真凛は引っ越しをきっかけに、昔仲良くしていた幼なじみの涼真と再会する。なぜか昔の記憶がほとんどない真凛だけど、超イケメンに成長した涼真にドキドキ。しかも涼真には「会いたかった」と言われ、おでこにキスまでされてしまう！　けれど、涼真には元カノの環奈がいて…？

ISBN978-4-8137-1109-4
定価：649円（本体590円＋税10%）

### 『無気力系幼なじみと甘くて危険な恋愛実験』町野ゆき・著

高3のサバサバ系女子・仁乃は、幼なじみで気だるい系のイケメン・壱からプロポーズされる。だけど、今の関係を壊したい仁乃は告白を拒否。そんな仁乃に、壱は「恋愛対象じゃないか実験しよう」と提案する。いろいろな実験を通して2人が距離を縮めていく中、女子大生のライバルが現れて…？

ISBN978-4-8137-1107-0
定価：649円（本体590円＋税10%）

# ケータイ小説文庫　2021年5月発売

『溺愛王子は地味子ちゃんを甘く誘惑する。』ゆいっと・著

高校生の乃愛は目立つことが大嫌いな、メガネにおさげの地味女子。ある日お風呂から上がると、男の人と遭遇！　それは双子の兄・嶺亜の友達で乃愛のクラスメイトでもある、超絶イケメンの凪だった。その日から、ことあるごとに構ってくる凪。甘い言葉や行動に、ドキドキは止まらなくて…？

ISBN978-4-8137-1091-2
定価：649円（本体590円＋税10%）

ピンクレーベル

『超人気アイドルは、無自覚女子を溺愛中。』まは。・著

カフェでバイトをしている高2の雪乃と、カフェの常連で19歳のイケメンの颯は、惹かれ合うように。ところが、颯が人気急上昇中のアイドルと知り、雪乃は颯を忘れようとする。だけど、颯は一途な想いをぶつけてきて…。イケメンアイドルとのヒミツの恋の行方と、颯の溺愛っぷりにドキドキ♡

ISBN978-4-8137-1093-6
定価：671円（本体610円＋税10%）

ピンクレーベル

『今夜、最強総長の熱い体温に溺れる。～DARK & COLD～』柊乃なや・著

女子高生・瑠花は、「暗黒街」の住人で暴走族総長の響平に心奪われる。しかし彼には忘れられない女の子の存在が。諦めたくても、強引で甘すぎる誘いに抗えない瑠花。距離が近づくにつれ、響平に隠された暗い過去が明るみになり…。ページをめくる手が止まらないラブ＆スリル。

ISBN978-4-8137-1092-9
定価：649円（本体590円＋税10%）

ピンクレーベル

『君がすべてを忘れても、この恋だけは消えないように。』湊祥・著

人見知りな高校生の栞の楽しみは、最近図書室にある交換ノートで、顔も知らない男子と交換日記をすること。ある日、人気者のクラスメイト・樹と話をするようになる。じつは、彼は交換日記の相手で、ずっと栞のことが好きだったのだ。しかし、彼には誰にも言えない秘密があって…。

ISBN978-4-8137-1094-3
定価：649円（本体590円＋税10%）

ブルーレーベル